BIBLIOTHÈQUE HISPANO-AMÉRICAINE

JE SUIS UNE IDIOTE DE T'AIMER

DU MÊME AUTEUR

CHEZ LE MÊME ÉDITEUR

Les Vilaines, 2021

Histoire d'une domestication, 2024

Camila SOSA VILLADA

JE SUIS UNE IDIOTE DE T'AIMER

Traduction de l'espagnol (Argentine)
par Laura Alcoba

Éditions Métailié
20, rue des Grands Augustins, 75006 Paris
www.editions-metailie.com
2026

Titre original : *Soy una tonta por quererte*

ISBN : 979-10-226-1501-3
ISSN : 0291-0154

Je suis une idiote de t'aimer*

C'était une beauté. Et vous direz : comment une vieille pute, noire, alcoolique, édentée, ancienne taularde, héroïnomane, déglinguée, pourrait-elle être une beauté ? Ah, dirai-je... des vieilles putes de cette espèce, nous en avons connu beaucoup, et qui étaient aussi des *ladies* magnifiques, bien sûr, il y a des milliers de femmes comme ça, mais jamais d'aussi belles que Billie. Deux filles comme nous, vous savez bien, "deux filles tellement spéciales", comme nous avions l'habitude de dire aux garçons qui nous interrogeaient à propos de notre entrejambe, filles la nuit et timides pédés le jour, nous n'avions pas trop l'occasion de connaître un autre type de femme. Les vieilles putes édentées, rieuses et mordantes comme du piment habanero étaient nos amies, c'étaient les filles que nous voyions au quotidien ; nous les coiffions gratuitement, nous les maquillions gratuitement, nous leur prodiguions des conseils côté cœur, côté cheveux et côté cul, et nous les prenions dans nos bras avec affection. Nous attendions le départ de la dernière cliente du salon de beauté pour faire entrer toutes les démunies, les mères célibataires, les veuves, qui avaient besoin de nos mains pour consacrer un court moment à leur beauté. Peu importait notre degré de fatigue, à mon amie et à moi, nous qui sommes, comme on dit, les

* *Note de l'autrice* : Il est recommandé à présent d'écouter *Lady in Satin*, du début jusqu'à la fin de l'album, en étant seul(e) dans une chambre.

protagonistes de cette histoire. Ensuite nous fermions la boutique (on nous faisait confiance et on avait la clé), et ni vu ni connu.

On débordait de tempérament et d'énergie pour sauver de la laideur et de l'abandon ces femmes dissolues. Des personnes convenables, grâce à la Très Sainte Vierge de Guadalupe qui nous protège, nous en avons très peu connu. Et ce n'est pas que nous étions loin d'être convenables, au fond nous étions des gamines ingénues, comme si nos péchés ne nous protégeaient pas de l'innocence. Mais l'occasion de rencontrer des femmes ou des hommes convenables ne se présentait pas. Les personnes aussi disciplinées, aussi obéissantes, ne croisaient pas notre chemin. Pour échapper à la misère, les dames convenables acceptaient toutes les injonctions, toutes les offenses et les conflits des familles auxquelles elles étaient obligées d'appartenir. Parfois nous les coiffions et on sentait dans leur cuir chevelu cette rancœur ammoniacale qui venait de ce qu'elles ne pouvaient pas renoncer aux colliers de perles authentiques accrochés à leur cou, des perles lourdes comme des fers. Les Goldman, les Rosemblat, les York, ces femmes étaient très ennuyeuses et, dans les rares occasions où elles nous croisaient, elles nous regardaient avec énormément de méfiance. Quand nous les coiffions, elles tenaient leurs sacs contre leurs poitrines maigrelettes comme si nous étions capables de garder des affaires qui ne sont pas à nous. Parfois j'avais envie de leur dire : "Écoutez, madame, moi, la seule chose que je pourrais vous chiper, c'est votre mari."

Puis je me disais que ces cons-là étaient quand même bien moches, alors ma contrariété se dissipait. Mais c'est qu'on a peur de nous sans raison. Surtout ces femmes-là. Bon, non, je me corrige, en réalité, tout le monde nous craint ou nous déteste, je ne vais pas vous mentir. On ne peut pas dire que la haine soit le fait des dames de la bonne société de New York, pas du tout, la haine qu'on nous porte est patrimoine de l'humanité.

Billie, en revanche, ne nous regardait pas avec crainte. C'était un amour. Un amour, vraiment. Et à vrai dire, la grande dame de la société, c'était elle. Elle disait "chérie", "douceur", "amour", "cœur", elle utilisait tous ces mots pour s'adresser à nous. C'était à vous tirer les larmes des yeux.

Ava est l'autre protagoniste de cette histoire. Mon amie, ma sœur, mon associée côté ciseaux et bigoudis (elle avait pris ce nom en l'honneur d'Ava Gardner, inutile que je le précise). Nous nous sommes connues de la même manière que nous avons connu Billie. Dans un fumoir de Harlem, une nuit d'hiver amerloque. L'éclat de la demoiselle a étincelé dans nos pupilles au premier regard et, depuis, nous ne nous sommes jamais séparées. Ava pleurait toujours lorsque Billie lui caressait les cheveux et lui disait avec sa voix tellement cassée et cette haleine redoutable d'alcool et de tabac qu'un jour tout va s'arranger, ma chérie, le monde va changer, mon cœur. C'était fou, car elle le disait avec une telle conviction que ça semblait vrai. Comme nous, elle savait bien qu'il y avait beaucoup de choses à améliorer dans ce monde, qu'il y avait beaucoup à faire, beaucoup de choses à changer. Que ce n'était pas simple. Mais elle mentait pour nous faire plaisir et ça, c'était mieux que l'amour.

Comment nous l'avons connue? C'est une de ces histoires qui te font croire que tu as un avenir, quelque chose qui t'est réservé de manière exclusive, comme les empreintes digitales. Un destin, disait Ava, le fait de l'avoir rencontrée faisait partie de notre destin. Nous venions de Mexico, mais malgré ça nous allions souvent à Harlem. Nous aimions nous y rendre la nuit ou lorsque le jour déclinait car alors la barbe se cache mieux sous le maquillage, mais aussi parce que dans les fumoirs on tombait sur des Noirs qui avaient entre les jambes des paquets qui étaient des trésors de milliers de carats. On pensait à ce que valaient les paquets des Noirs, aux rubis, aux émeraudes, aux perles qu'on pouvait trouver en ouvrant leurs braguettes qui étaient comme des coffres, comme des bahuts fermés à double tour et bon… je ne veux pas être grossière et encore moins formuler une évidence en explicitant ce que nous allions réellement chercher à Harlem.

Avec Ava nous avions appris que les scrupules à l'égard des pédés et des trans s'évanouissaient chez les hommes lorsqu'ils fumaient de la marihuana ou qu'ils abusaient du rhum. Ils disaient tous non, non, non, jamais avec des trans, jusqu'à ce qu'il soit trois ou quatre heures du matin et que les femmes partent avec les Blancs. Alors là, oui, ils nous adressaient un signal presque invisible que nous étions les seules à comprendre pour que nous les suivions dans une ruelle ou qu'on les emmène dans notre appartement.

Nous en avons conduit, des Noirs aux trésors somptueux, jusqu'à notre maison sur deux étages, administrée par la Noire qui nous gâtait, Mamma Mercy, la Noire de nos cœurs. C'était une grosse femme massive à qui il manquait l'index de la main gauche. Elle l'avait tranché sans faire exprès en coupant des citrouilles pour Halloween chez des bourges de Manhattan. Ils l'ont mise dehors, la main enveloppée dans un foulard qui contenait difficilement l'hémorragie, son doigt dans un sac en plastique, et ils ne lui ont plus jamais ouvert la porte. Alors elle a décidé de s'installer au rez-de-chaussée de son domicile et de louer le premier étage à des jeunes filles. Mais elle n'a pas eu de chance car les jeunes filles se tiraient au milieu de la nuit alors qu'elles lui devaient deux, trois, cinq mois de loyer. Mamma Mercy était généreuse et elle n'avait jamais recours à la force brute, elle ne faisait jamais appel à des hommes de main pour avoir ce qui lui revenait, de sorte qu'elle se faisait toujours arnaquer, la pauvre. Ava et moi sommes arrivées devant sa porte à la suite d'une annonce vue à la vitrine d'une pharmacie. Nous lui avons dit que nous avions du travail comme esthéticiennes dans un salon de beauté de Manhattan ; elle nous a fait entrer et nous nous sommes immédiatement senties comme à la maison.

– Deux pédés perdus à New York ! s'est-elle écriée le jour où nous nous sommes installées à l'étage, où nous avions une salle de bains privée avec baignoire et des fenêtres qui donnaient sur une cour intérieure où trônait un noyer.

Oh ! Mamma Mercy ! Je suis prête à parier mes jolis yeux d'Indienne que vous n'avez jamais goûté de meilleurs ragoûts que ceux que préparait Mamma Mercy.

En termes de passions, Ava avait toujours plus de chance que moi. Les gens pensaient qu'elle était idiote car elle ne parlait presque pas et il fallait toujours l'appeler deux ou trois fois avant qu'elle remarque quelqu'un. Au début, moi aussi j'ai pensé qu'elle n'était pas aidée, la pauvre. Une pédale si jolie et silencieuse, qui passait son temps à dire pardon et à demander l'autorisation pour tout et n'importe quoi, avec des doigts longs et fins qui ressemblaient à des aiguilles à tricoter. Plus tard j'ai compris qu'elle était loin d'être idiote. Elle avait appris à se déconnecter de ce monde et à se protéger à l'intérieur d'elle-même comme s'il s'agissait d'un palais. La seule chose qui la maintenait dans les affaires terrestres était sa beauté. Toutes ces générations de Teutons qui la précédaient et qui lui avaient légué les yeux les plus bleus au monde lui assuraient de bons amants. Une trans comme ça, avec des yeux si clairs et la peau plus blanche que le lait que nous prenions au petit-déjeuner pouvait tout avoir en termes d'hommes.

– Approche-toi, ma blondinette, lui disaient les Latinos qu'on croisait, en lui léchant presque les oreilles, mais elle ne les écoutait pas, elle déambulait dans des salons à l'intérieur d'elle-même.

Moi je suis une fille petite et trapue, qui a aimé et aime encore un peu trop le pain. Mon seul avantage dans le fait de m'habiller en femme c'est que je n'ai presque pas de poils, nulle part. Héritage indien, je suppose. Mais je n'ai jamais été une beauté, loin de là. Et les hommes se chargeaient de me le faire savoir.

Parfois, je faisais semblant de dormir après être rentrée des fumoirs de Harlem, seule comme une chienne. Ava entrait dans la chambre avec un Noir à la peau lustrée, un type disons d'un mètre quatre-vingts, quatre-vingt-dix, et elle installait le paravent en bois pour avoir de l'intimité. Nos perruques (de cheveux naturels, bien sûr) étaient posées sur la commode sur des têtes de mannequins et nos robes étaient toutes cachées entre le cadre du lit et le matelas. Parfois, le Noir en question remarquait qu'il y avait quelqu'un derrière le paravent, car je toussais sans faire exprès ou bien je me retournais dans les draps rêches. Ils étaient tellement soûls que j'aurais pu être en train de taper à la machine, pour eux ça aurait été la même chose. Mais, parfois, le Noir qui remarquait ma présence de l'autre côté du paravent reculait dans l'érection de son trésor, et il disait :

– Qui est là ?

– C'est ma sœur, répondait-elle.

– Pourquoi tu la réveilles pas pour qu'elle nous tienne compagnie ?

– Elle dort. La dérange pas, disait Ava, qui était mesquine avec ses Noirs et ne les prêtait jamais.

Et quand le Noir enlevait sa chemise, je pouvais respirer tous les secrets qui s'échappaient de sa peau, ce chocolat plus savoureux encore que celui que faisait ma grand-mère, qui a été comme ma mère, qu'elle repose en paix, et quand Ava lui enlevait le pantalon à une vitesse étonnante, je respirais également toutes les odeurs qui sortaient de là-dessous. Ava était très propre. Elle l'emmenait jusqu'à la commode où se trouvaient les perruques et dans une petite bassine elle récupérait de l'eau à l'aide d'une main et frottait les couilles du Noir du moment avec un petit peu de savon jusqu'à ce que ça mousse et que le trésor de rubis et de pistoles acquière plus de volume encore au point de devenir une épée qu'elle s'enfonçait tout entière dans la bouche. Comme un fakir, sans sourciller ni verser une larme. Et quand on la pénétrait dans le lit, j'entendais comme elle demandait, s'il vous plaît, qu'on ne la fasse pas crier.

Quand elle disait cela, les Noirs la pénétraient avec plus de force encore mais elle, la douleur lui était égale. Et moi je sentais comment mon entrejambe, qui n'était pas un trésor, devenait de plus en plus dur, et je me détestais à cause de ça, parce que moi, je détestais ma bite presque autant que je me détestais moi-même.

Mais ça c'était avant, avant Billie. Avant de la connaître, un sentiment qui ressemble un peu à ça était logé en moi. Quand j'allais pisser, je regardais mon entrejambe et je pensais : je te déteste, je te déteste tellement, toute ma tristesse, c'est par ta faute. Je te déteste tellement que je pourrais te couper avec un sécateur. Maintenant, je ne le traite plus comme ça. Il m'arrive même parfois, lorsque j'enlève mes vêtements et que je vois ma bite qui pend, que je lui dise je t'aime, je te pardonne, je n'ai pas voulu dire tout ça.

Je vous ai déjà dit mon nom ? Non, je ne vous l'ai pas dit. Je m'appelle María, comme ma grand-mère. Qui en réalité a toujours été ma mère, parce que c'est la femme qui m'a élevée et m'a prise par la main pour aller voir les feux d'artifice du nouvel an à environ trois kilomètres du Zócalo, dans la Colonie San Rafael, là où j'ai grandi. Ma mère s'est mariée avec un gringo quand j'avais douze ans, elle est partie vivre en Californie en me promettant de revenir me chercher l'année suivante, mais nous ne l'avons plus jamais revue. J'ai vécu avec ma grand-mère jusqu'à mes dix-sept ans. Un jour je lui ai apporté le petit-déjeuner au lit et je l'ai retrouvée morte, avec sur le visage l'air béat de ceux qui meurent dans leur sommeil. J'ai pensé que c'était une mort très juste. Et cette idée m'a occupée suffisamment pour que je ne verse même pas une larme.

Plus rien ne m'attachait au Mexique, alors j'ai vendu le peu que nous possédions ; j'ai eu des amours pour quelques pesos avec tous les hommes partants que j'ai trouvés sur mon chemin jusqu'à ce que j'économise l'argent nécessaire pour le billet d'avion et j'ai fini à New York à travailler comme apprentie dans les salons de coiffure de Harlem.

Mon premier grand maître a été un homo portoricain qu'on appelait Toucan car il avait un nez énorme et crochu et parce qu'il virevoltait autour de la tête des clientes en agitant les bras comme une grande oiselle hystérique. Il avait une clientèle élégante et choisie, le club des dames très friquées qui ne se faisaient couper les cheveux que par une pédale comme lui.

– Tu peux coiffer mille stars. Tu peux t'occuper des cheveux de n'importe quelle vedette de cinéma, rendre jolie n'importe laquelle d'entre elles. Mais on n'apprend à être coiffeur qu'avec les cheveux des Noires – c'est ce qu'il disait. Il en faut pour lisser ces cheveux-là, des frisottis tellement rebelles qu'ils résistent même aux larmes. On apprend vraiment l'art de la coiffure en posant des bigoudis aux Noires, parce que travailler ces cheveux-là, qui sont très, mais alors très frisés, c'est comme travailler avec l'impossible en ce bas monde.

Toucan ne m'a pas seulement appris à être une bonne coiffeuse. Il m'a appris à gagner l'affection des clientes grâce à mes grelots, toujours comme un serpent à plumes autour de leurs têtes qui n'avaient que trois misérables cheveux. Il m'a appris à me faire de bons pourboires et à survivre à la pression new-yorkaise avec un sourire, en me montrant toujours sympathique avec *tutto il mondo*. Et il m'a appris comment être homo et ne pas perdre la vie en essayant de l'être au pays des gringos. Je pense à lui et aussitôt je deviens sentimentale. Les tristes révérences que j'ai faites au monde pour ne pas me faire trucider, les heures à saigner à un coin de rue après m'être pris une raclée, les douleurs d'un Latino ici, sur la Terre promise, vous pouvez les imaginer, pourtant ce n'est pas comme vous l'imaginez. Tout cela appartient à un passé dont je dis qu'il est mort, bien mort dans un recoin de mon cœur. Et puis il y a la vie chez Mamma Mercy, ou la vie avec Ava, ou la vie avec Billie.

Comme je suis latino, les Noirs ne faisaient pas trop attention à moi à la lumière du jour. Et comme j'étais en simple mec, on me regardait comme un mec de plus. Les Noirs et les Latinos, à l'époque, nous étions tous la même merde. Nous devions nous cacher et nous protéger entre nous comme une confrérie, je crois que c'est pour ça que je n'attirais pas leur attention. Ni ma peau, ni mes traits, ni mes yeux venus de Guadalajara, hérités de ma très sainte grand-mère. Mais qui pourrait les juger pour ça. Les Noirs voulaient migrer, connaître d'autres peaux, voir leur peau contraster avec celles des blanches. Et c'est pour ça que je n'avais pas autant de chance qu'Ava.

Pauvre petite María, sans amour, sans tendresse, nous la jetterons dans la rue pour qu'elle vive son malheur…

Les fumoirs ont toujours été un coin de ciel. Tu pouvais trouver là toute une faune sauvage et en danger d'extinction, ces gens-là, tu ne les croisais pas dans la rue ni dans les bars de jazz, encore moins à la lumière du jour. Des Noirs, des trans, des putes, des pédés, des hommes sans jambes ou sans bras qui revenaient de la guerre, des grosses éléphantesques, des nains, des Orientaux.

Tu te sentais comme à la maison. Et, au milieu de tout ce qui se passait là, ce qu'il y avait de mieux, c'est que les Blancs y étaient des étrangers. Pour la première fois, les Blancs évoluaient avec respect. Dans les fumoirs, ils ne se croyaient pas mieux que les autres, comme ils le faisaient le reste du temps. Les Blancs des fumoirs de marihuana de Harlem n'étaient les propriétaires de rien du tout, et ils craignaient toujours que les Noirs leur cassent la gueule. Plus d'une fois, ils quittaient les lieux avec une balafre sur le visage ou sans un centime en poche. De tous temps il y a eu des snobs et il y en avait là aussi. Les écrivains blancs, les comédiennes de Broadway, quelques hommes politiques allaient à Harlem pour écouter du jazz et ils se perdaient dans notre enfer dénué de points cardinaux, de ciel, de sol.

Nous n'aimions pas trop le jazz, à quoi bon mentir. *Very boring*, mon cœur ! Je crois qu'au fond nous étions bêtes. Cette musique impossible à chantonner, ces biripboudoudourabap, ces trompettes qui te donnaient mal à la tête. Non, ce n'était pas de la musique pour nous, ou du moins pour moi, qui venais de l'univers des rancheras, des corridos et des boléros. De la musique qui venait de la chaleur. Mais nous aimions les Noirs qui jouaient des instruments, comme les mafieux noirs qui allaient écouter nuit après nuit ces sons du diable. *Tourourou, dabada, piripiriparadabdiriba.* Puis, nous avons fait sa connaissance et cette musique qui nous semblait étrangère et difficile à chanter nous est devenue familière, elle me semblait aussi jolie que les chansons que chantait ma grand-mère quand elle moulait du café. Soudain, nous l'avons aimée. Pas tout le jazz, mais elle, oui.

Une nuit, nous sommes allées dans un fumoir avec Ava, à l'étage d'une maison du centre de Harlem. C'était la première fois que nous nous rendions à cet endroit.

Nous nous étions soûlées au bourbon de contrebande, la meilleure recette pour nous remettre d'une cuite qui nous avait clouées toute une journée au lit. Le fait de ne pas connaître les lieux nous avait rendues timides, et la timidité nous avait donné envie de boire. Il ne s'agissait que d'un appartement dénué de meubles avec des toilettes où on ne faisait pas la différence entre hommes et femmes, et de grandes fenêtres à lourds rideaux coupés dans un tissu grossier. Nous étions là, affalées dans un très vieux canapé avec des robes vraiment démodées, dont nous avions élargi toutes les coutures pour pouvoir rentrer dedans. Deux prostituées bavassaient près de nous, et nous tendions l'oreille. L'une des deux racontait à l'autre comment, sans faire exprès, elle avait mordu la bite de Frank Sinatra et comment, sans prévenir, il lui avait aussitôt foutu une baffe. L'anecdote a été interrompue par une clameur montant des escaliers. Nous avons pensé : "C'est la police, putain, on est foutues." Vous savez bien ce qui arrive à deux filles comme nous quand elles sont arrêtées par la police. Ava a trinqué avec moi puis descendu son verre de whisky d'une traite.

– Ça a été la belle vie avec toi, ma sœur, a-t-elle dit.

Je l'ai prise dans mes bras sans pouvoir dire la même chose. Moi, je pensais que la vie avait été merdique et que le monde l'était aussi, mais je ne le lui ai pas dit car je ne voulais pas gâcher sa solennité. Soudain, nous avons entendu le rire d'une personne dont la voix nous a semblé très familière. "Maintenant, on va entendre les coups de feu", ai-je pensé, mais non. On a perçu une voix très, très lasse, très douce, comme un tintement de boîtes de conserve rouillées montant par les escaliers. On a d'abord vu Louis Armstrong, Louis Armstrong en personne, mesdames et messieurs, et derrière lui une dame, il faut le dire comme ça car il n'y a pas d'autre mot qui convienne, une dame dans une robe blanche de satin brodé avec de toutes petites pierres brillantes qui éblouissaient plus encore que n'importe quel beau paquet de Noir qui aurait pu se trouver dans les parages.

C'était Billie Holiday.

Lorsqu'elle a monté la dernière marche, son talon s'est pris dans la robe très fine qu'elle portait, ou peut-être était-ce dans la veste en fourrure qu'elle traînait par terre comme si elle ne valait rien, le fait est qu'elle s'est écroulée. Moi, avec ma robe toute rapiécée et démodée, d'un bond, je ne sais pas comment j'ai fait, c'est comme si je m'étais télétransportée, je me suis levée et l'ai prise dans mes bras, l'empêchant de tomber la tête la première sur le sol. On aurait dit qu'un enchantement avait suspendu la volonté de toute l'assistance, même Armstrong était resté debout sans comprendre ce qui se passait.

En s'accrochant à moi comme elle a pu, ses mains ont frôlé ma tête et ma perruque a glissé, laissant à découvert la moitié de mon front et mes tempes dégarnies, aïe, mes tempes d'homme étaient visibles !, alors les gens ont éclaté de rire.

– Eh bien, ma belle, l'enchantement a pris fin ?

– Cendrillon est devenue un homme !

J'ai entendu les moqueries fuser de toutes parts, tels des coups de sabre.

– Assez ! ai-je supplié. Ne faites pas ça !

Ava a accouru pour redresser ma perruque et Billie Holiday a regardé tout le monde avec une haine si manifeste qu'on aurait dit que de la vapeur sortait de ses yeux.

– Écoutez-moi bien, particules de merde. Si quelqu'un se moque de nouveau de cette dame, il retournera chez lui sans couilles, a-t-elle crié.

Armstrong a ri de nouveau, il s'est mis à discuter avec les prostituées qui aimaient cancaner, Billie Holiday m'a caressé la joue et elle m'a dit : "Merci, mon cœur." Elle est venue s'asseoir sur le canapé où j'étais avec Ava. Dans la poche de son vison, elle avait une petite pochette en cuir remplie de marihuana parfumée, mieux parfumée qu'elle, et elle s'est mise à rouler un joint pour le fumer avec nous. Quand elle l'a terminé, elle a crié :

– Eh, Bupa ! Du feu !

Armstrong s'est approché en agitant un briquet qui devait valoir plus encore que toute ma vie et il a allumé le joint dans ma bouche comme un vrai gentleman, c'était le geste le plus doux qu'un homme avait eu à mon égard dans un endroit comme celui-là.

– Mesdemoiselles, a-t-il dit, et il a ôté son chapeau.

– Je te présente mes amies, voici…

– Ava, a dit mon amie dans une sorte de cri.

– María, ai-je dit en tendant la main pour serrer la sienne, mais il l'a prise et l'a embrassée.

Et je jure par la lumière qui m'éclaire que ni Ava ni moi, grandes chercheuses de trésors de braguettes, n'avons regardé son entrejambe. Nous sommes restées comme des idiotes, en raison de son sourire, de sa voix, de son chapeau, je ne sais pas. Nous étions assises à côté de Billie Holiday et Armstrong en personne avait allumé un joint à ma bouche. Une personne ayant du pouvoir, de l'élégance, du prestige était intervenue pour défendre ma dignité.

Madame Holiday est restée toute la nuit avec nous, elle a demandé où nous habitions, quel type de nourriture nous aimions, si nous étions trans à plein temps (à vrai dire, je ne sais plus si ce sont ces mots-là qu'elle a utilisés). Quelle était notre pointure, si nous aimions sa marihuana, si nous avions l'un de ses disques, si nous l'avions déjà entendue chanter, si nous avions envie d'aller manger avec elle, si nous pouvions la coiffer un jour pour un de ses concerts, si nous aimions le jazz et où nous avions trouvé nos robes, comment était-ce possible d'avoir si mauvais goût, elle a dit que nos robes étaient affreuses, qu'elle avait plein de robes qu'elle ne portait pas et qu'elle nous les offrirait pour qu'on ne se promène pas avec ces chiffons rapiécés. Elle a ri, s'est émue, a bu jusqu'aux limites de résistance à l'alcool, elle a continué à rire à côté de nous puis elle s'est endormie sur mes genoux. Elle avait les joues creusées et les pommettes très hautes, on aurait dit la surface de la lune, avec ses petits cratères sur sa peau de chocolat.

Le lendemain, alors que nous déjeunions, quand nous le lui avons raconté, Mamma Mercy nous a dit tout ce que quelqu'un comme elle pouvait savoir sur Billie Holiday.

– Cette femme devrait être plus que millionnaire, a-t-elle dit en levant son doigt fantôme afin de souligner qu'elle parlait sérieusement, puis elle a affirmé que les délinquants qu'elle avait aimés lui avaient volé jusqu'à son nom. Elle nous a raconté comment elle avait été violée par un voisin quand elle était petite, puis la prison, les ragots sur sa toxicomanie, la police qui la poursuivait et tout le monde parlant à tout va sur sa sexualité, son passé, ce qu'elle méritait, le type de châtiment qu'ils devaient lui infliger pour la punir. Elle était noire, elle avait du succès, elle chantait mieux que toutes les Blanches réunies et les célébrités américaines l'adoraient. Alors ils n'allaient rien lui pardonner.

Nous avons pris l'habitude d'aller au fumoir où nous avions fait sa connaissance. Nous arrivions toujours à la même heure et nous nous asseyions sur le même canapé déglingué en l'attendant. Elle débarquait toujours dans une nouvelle robe, chaque fois avec un fard différent sur les paupières et ce khôl noir qui fendait son regard tel un coup de canif. Elle courait dans nos bras poilus recouverts de talc. Ava et moi étions très heureuses d'avoir été remarquées par une femme comme elle.

– Je vous salue Ava et María, pleines de grâce, espèces de garces ! disait-elle, les mains sur les hanches. Faites de la place pour cette pauvre vieille pute.

Elle s'écroulait sur le canapé et restait avec nous. Elle ignorait tout le monde du moment qu'elle était entourée par ses filles. Et chaque nuit, tel un oignon, elle se défaisait de couches successives de vêtements pour laisser finalement à nu une graine blessée et sanguinolente, son cœur, son nom secret.

Dès que nous avons fait connaissance, elle s'est ouverte à nous comme si nous étions ses meilleures amies. Elle nous a raconté que parfois elle n'arrivait pas à sortir de son lit tant elle était triste en raison de sa séparation avec Louis, son mari, qui grâce à son travail avait des villas en Californie et des voitures décapotables, tandis qu'elle devait demander de l'argent à ses amis pour payer son loyer. On ne l'autorisait plus à chanter dans les bars et les clubs de New York qui lui avaient pourtant permis d'atteindre la consécration en raison d'une loi stupide qui interdisait aux personnes qui avaient fait plus d'un an de prison de se produire en dehors des théâtres. Elle avait passé trois cent soixante-six jours en prison. C'était inexplicable que la femme aux robes de reine vive moins bien que nous, deux trans latinas perdues à Harlem.

Plus nos rencontres avec elle étaient fréquentes, plus notre amitié nous semblait venue d'un autre monde. Nous ne nous étions jamais éprises comme ça de quiconque, ni Ava ni moi, pas même d'un homme. Et tout ça sans avoir encore écouté un seul disque d'elle.

Quelque temps après, Ava a acheté *Lady Sings the Blues* et nous avons été définitivement déniaisées, nous l'écoutions sans cesse sans parvenir à croire que cette voix était celle de la femme qui nous offrait de la marihuana et nous payait nos bières.

Elle portait toujours un bracelet en or avec un diamant très délicat qui étincelait merveilleusement sur son poignet fin et sombre. Regarder ce diamant me rendait folle, comme les chats deviennent fous avec un point lumineux. J'ai dû la fatiguer à regarder ainsi le bijou car une nuit elle l'a enlevé d'un geste solennel et l'a mis entre mes mains.

– Tiens, pour que tu cesses de reluquer les diamants des autres comme une crève-la-faim.

Je ne l'ai pas accepté. J'ai eu honte.

Billie évoluait à Harlem et dans tout New York comme si elle n'était pas célèbre. Quand tu voyais son manteau de vison ou l'éclat de ses diamants, tu comprenais qu'elle n'était pas la miséreuse que tu avais cru d'abord à cause de ses pantalons de tweed tachés et troués par les braises de tabac qui tombaient sur ses cuisses. C'était une star ! Et elle allait partout avec deux trans pendues à ses bras ! Mes amies, disait-elle, et elle défiait du regard tout le monde, chaque habitué des lieux.

À force de la voir et de partager avec elle des joints et des mouchoirs, un jour Ava a eu l'idée de l'inviter à petit-déjeuner avec nous, alors que nous prenions la fuite à l'aube, comme des vampires. Elle a accepté et elle est restée jusqu'à très tard, presque jusqu'à la tombée du jour, charmée par Mamma Mercy, par nos perruques et nos robes élimées. Élimées mais sensuelles, dirais-je en notre faveur. Et elle est très souvent venue prendre le petit-déjeuner. Après une nuit de ronde, nous courions auprès de Mamma Mercy comme des chattes à la recherche d'un bol de lait, juste au moment où le ciel devenait rouge, avant que le soleil ne se lève. Nous dormions affalées avec nos perruques sur la tête et nos bites étranglées par le ruban adhésif à l'intérieur de nos culottes, là où nous cachions nos petits trésors mexicains. Mamma Mercy nous servait du café, des miches de pain avec du beurre et du miel, du lait chaud, du bacon, des sandwichs au poulet et des œufs à la *ranchera* que je lui avais moi-même appris à préparer. Après tous les joints que nous nous étions envoyés dans le fumoir, nous avions tellement faim que nous aurions pu manger jusqu'à Mamma Mercy, mais à la fin, et après avoir pris d'assaut la table comme s'il s'agissait du dernier petit-déjeuner de notre vie, nous respirions fort tandis que nos paupières cédaient à la fatigue. Billie dormait avec nous, en haut. Nous rapprochions les lits et nous faisions un grand couchage, pour nous trois. Nous nous couchions comme des animaux qui viennent de naître, nous prenions tout juste le temps de descendre les fermetures éclair de nos robes et de lancer nos perruques n'importe comment sur les meubles, comme on le fait avec ses dessous lors d'une nuit d'amour. Au réveil, à l'heure du déjeuner, nous étions heureuses d'être ensemble, dans cette amitié qui était bien mieux que l'amour.

– Dis-moi, Billie, a murmuré Ava un de ces matins où nous nous sommes réveillées les corps emmêlés. Pourquoi tu passes tant de temps avec nous ?

– Depuis que Louis est parti, je ne sais plus comment occuper mes putains de journées.

Elle avait peu d'amis en dehors de nous. Parmi eux, il y avait une guitariste immense qui l'accompagnait pour certains concerts et qui avait les bras plus musclés et poilus que n'importe quel homme. Nous l'avions baptisée la Grande Lesbienne, mais comme nous ne pouvions pas le dire, nous l'appelions Lagran. Avec Ava, nous plaisantions sur sa masculinité quand elle jouait de la guitare, ce qui nous plaisait tant, comme si elle était en train de chatouiller les hanches d'une fille. C'était une bonne amie de Billie, mais elle n'avait pas toujours du temps pour être avec elle. Nous, elle nous aimait beaucoup et elle payait toujours nos verres. Gentilles filles, elle nous disait comme ça, que faites-vous cette nuit, gentilles filles latino-américaines ? Nous n'arrivions pas à résister à son charme. Nous soupçonnions qu'elle était lesbienne, parce que nous pensions toujours à mal, parce que nous étions trop vieux jeu. En tout cas, c'était un amour avec Madame Holiday, même quand elle devenait très pénible à cause de l'alcool. À ce moment-là tout le monde fuyait, sauf Lagran.

Je suppose que Billie jouissait de sa solitude autant qu'elle la détestait, car elle s'en nourrissait pour chanter, l'estomac rempli de whisky, de litres et de litres de whisky. Elle ne parlait avec personne, restait enfermée et seule. Peut-être avait-elle réclamé la solitude pour être en paix. Et maintenant qu'elle l'avait, bien souvent elle ne savait pas quoi en faire. Il fallait vivre une solitude authentique et totale pour faire ce qu'elle faisait avec sa voix. Parfois elle chantonnait quand nous nous promenions dans les rues de Harlem et elle dévoilait son talent dans un simple murmure musical. Le fait de marcher à côté d'une femme comme ça nous rendait dingues. Nous étions déjà expertes de sa discographie, nous étions toujours guidées par Mamma Mercy qui nous offrait des disques et découpait pour nous des articles dans les journaux. Mais malgré notre relation de confiance, nous ne l'avions jamais écoutée en concert. Avec orchestre et tout et tout, je veux dire. Nous ne l'avions jamais vue devant un micro. Mais le travail manquait pour Billie Holiday et, à vrai dire, elle semblait se reposer de l'agitation d'être exposée non seulement au public mais également aux tentations nocturnes.

Parfois elle venait au salon de coiffure pour nous demander de lisser ses cheveux. Nous enduisions ses cheveux de graisse d'oie sur toute leur longueur, ensuite nous posions des bigoudis énormes, très serrés, et nous l'installions sous le sèche-cheveux avec un magazine. Nous avons essayé d'arranger ses ongles mais il n'y avait pas moyen, elle les rongeait, les dévorait, les mâchait comme un os de poulet. Les extrémités étaient à vif, son corps qui au fil des jours devenait de plus en plus maigre saignait toujours quelque part. Nous la maquillions comme si elle était la poupée avec laquelle nous n'avions pas joué durant notre enfance et elle se laissait faire, complètement soumise, se livrant à nous. Il lui arrivait de ronfler lorsque nous lui lavions les cheveux.

Elle avait les cheveux secs et abîmés, mais quand elle défaisait son éternelle queue de cheval, on aurait dit une Amazone qui venait de débarquer à New York. Elle préférait les attacher, les tresser très serrés. De cette façon, elle tirait les petites rides qu'elle avait autour des yeux et sur le front. Elle avait plusieurs dents abîmées, mais qui pouvait à l'époque s'offrir le luxe d'une dentition parfaite ? Seulement les stars blanches du cinéma et de la radio. Parfois, même pas Humphrey Bogart.

Un après-midi elle est arrivée chez Mamma Mercy avec une bonne humeur telle que l'air est devenu meilleur, elle riait aux éclats. Les enfants noirs de la rue, jouant à cache-cache, s'étaient mis à plaisanter avec elle en attendant que nous lui ouvrions la porte.

– Ma mère dit que vous êtes chanteuse, lui a lancé un des gamins.

– Si vous êtes chanteuse, alors chantez, l'a défiée un autre, caché derrière un lampadaire.

– Je n'ai pas à vous prouver quoi que ce soit, enfants du démon ! leur a-t-elle répondu, morte de rire.

– Donnez-nous une pièce, alors. Si vous ne voulez pas chanter pour nous, donnez-nous une pièce, a réclamé une petite fille.

Billie a fouillé dans son sac et a esquissé le geste de donner une pièce à la petite, mais elle s'est ravisée. Elle a crié en direction de la fenêtre de notre chambre :

– Ouvrez enfin, sinon ces gamins vont me dévaliser. Ils m'ont envoyé un appât ! Regardez-moi cette splendeur, les plus beaux yeux d'Amérique ! – Et elle a montré du doigt la petite fille qui lui avait demandé de l'argent.

Mamma Mercy a ouvert la porte.

– J'espère que vous dérangez pas la dame !

Ils sifflaient à son attention et continuaient à réclamer des pièces. Billie a regardé celle qui avait demandé de l'argent en premier, elle lui a fait un clin d'œil puis a laissé tomber une pièce dans un bac à fleurs près de la porte d'entrée, afin que les autres enfants ne s'en aperçoivent pas. Depuis la fenêtre, à l'étage, nous avons vu le cœur de Billie se déployer. Sa bonté a coloré l'après-midi. Elle apportait des légumes et du poulet qu'elle avait achetés sur le trajet et une bouteille de liqueur de menthe qu'elle avait l'intention de finir durant le dîner. Elle semblait faire de petits bonds au lieu de marcher. Elle avait un concert avec un orchestre très digne à l'Onyx, à Harlem. C'était un peu clandestin, elle ne ferait pas de publicité, mais ça allait être une grande soirée. Elle le savait.

– Venez me voir. Si je vous vois dans le public, tout sera plus facile. Ne vous inquiétez pas pour l'argent, vous êtes mes invitées.

Nous sommes allées là-bas avec Mamma Mercy et Ava. Mais avant, Billie est passée au salon pour que nous la coiffions et la maquillions, puis elle est allée répéter avec le pianiste qui allait l'accompagner, et qui d'après elle faisait hurler le piano au lieu de jouer de la musique. Nous l'avons coiffée puis nous avons filé pour nous changer et aller au bar. Rouges d'excitation, ravies, fascinées à l'idée de voir enfin Billie chanter. Cette fois nous n'étions pas habillées en femme, nous nous sommes réfugiées dans nos habits d'homme pour aller dans une boîte de jazz et éviter les problèmes. Peut-être qu'Ava, avec sa beauté nordique, serait passée inaperçue ; ou pas, il valait mieux ne pas chercher à le savoir. Pantalon, chemise, chaussures plates et quelques gouttes de parfum derrière les oreilles pour ne pas nous sentir perdues sous ce déguisement. On nous avait réservé une table située ni plus ni moins qu'à côté de celle de Tallulah Bankhead et d'autres personnalités de New York. Nous étions tellement troublées par tout ce qui se passait autour de nous que nous n'osions pas respirer profondément pour ne pas rompre le sortilège. Mamma Mercy sortait enfin de sa cuisine. Elle avait mis une jolie robe qui éblouissait tant elle était neuve et propre. Avec un gant de satin, elle a caché l'absence de son index.

Un pianiste blanc, très jeune, jouait pour nous faire patienter. Soudain, on a baissé les lumières et les musiciens noirs ont commencé à monter sur scène avec leurs paquets faits de joyaux et leurs instruments lustrés autant que leurs chaussures et leurs bijoux.

– Si j'aime quelque chose chez les hommes de ma race, c'est qu'ils s'habillent comme des gitans. Regarde ces bagues, ces montres. Comme elles brillent ! a dit Mamma Mercy.

– Du calme, lui a répondu Ava. Tu te consumes, ta robe va prendre feu.

Nous avons ri de manière discrète, pour ne pas trop nous faire remarquer dans l'Onyx, une boîte si prestigieuse et historique. La Grande Lesbienne avançait depuis le comptoir, avec son immense guitare qu'elle portait au-dessus de sa tête. Pardon, pardon, pardon gentilles filles, a-t-elle dit en passant à côté de nous. Elle était tellement grande qu'elle aurait pu travailler au port comme docker. Mamma Mercy a dit :

– Si j'étais sûre qu'elle est lesbienne, je lui donnerais les clés de chez moi aujourd'hui même.

– Elle est plus mec que le plus pur des mecs, lui ai-je répondu.

Le propriétaire des lieux a fait son apparition depuis le fond de la scène, il s'est posté devant le micro et il a parlé comme un Monsieur Loyal. C'était un rouquin qui en demandait trop aux boutons de sa chemise. Nous étions effrayées à l'idée que l'un de ces petits missiles puisse sauter sous la pression de son ventre pour aller directement dans nos yeux. Il transpirait beaucoup et ses mains tremblaient sans cesse. Il donnait l'impression d'être vivant par miracle.

– Mesdames, messieurs, ce soir l'Onyx a l'honneur de recevoir la dame du jazz, l'unique... Lady Day !

Il a quitté la scène d'un bond et, après les applaudissements et le silence de l'attente, elle est apparue, vêtue de satin rose, les cheveux coiffés en un chignon très serré vers l'arrière du crâne. Quand nous l'avions coiffée cet après-midi-là, elle avait insisté pour qu'on tire davantage sur ses cheveux avant de les tresser et pour qu'on les cire afin de les faire briller et que les petits cheveux rebelles couronnant son visage ne s'échappent pas. Nous avions tiré comme si nous étions en train de fermer un corset. Des petites boucles avec des brillants pendaient de ses oreilles de souris. J'aimerais pouvoir l'écrire correctement, pouvoir vous le raconter de la manière dont je l'ai vécu, mais je suis un peu idiote, alors ne m'en veuillez pas. Les mots me manquent pour dire à quel point ce soir-là a été sacré. Les musiciens la regardaient avec respect, comme s'ils attendaient l'apparition d'un ange. Moi, j'avais l'impression d'être Juan Dieguito devant la Vierge de Guadalupe le jour de son annonciation.

La première chanson parlait d'un amant qui arrivait avec une chemise tachée par le rouge à lèvres d'une autre. Elle lui demandait de ne rien lui expliquer, de monter pour enlever sa chemise, elle était contente car son homme était revenu. Elle l'a chantée en se balançant devant le micro tel un jonc dans le vent. Nous écoutions, fascinées. J'ai dû cacher mon visage pour ne pas pleurer. La deuxième chanson parlait du vent qui semble souffler contre nous avec force. La troisième, un swing très doux, reposait sur les caresses que le batteur faisait à ses cymbales, quelque chose qui frisait le sublime. Ava était pétrifiée devant cette apparition, celle de Billie Holiday sous la lumière jaune.

– Le pianiste est largué, m'a murmuré Mamma Mercy, mais je n'ai pas fait attention à ce qu'elle disait.

Les ballades étaient comme une promenade à vélo dans une ville déserte, la nuit. Aussi douces que ça.

C'était comme si ces Noirs nous maintenaient au-dessus de leur musique, et je me suis sentie tellement légère, tellement impossiblement légère, que la chair a traversé mon esprit et j'ai éprouvé du dégoût, j'étais dégoûtée de ne pas *être* de la musique, je ne sais pas si vous me comprenez. Non pas de la musique pour jouer d'un instrument, mais *être* de la musique, *être* une chanson au moins, et non une personne. Je me suis sentie triste car j'avais un corps, un corps qui ne m'appartenait pas, que je ne pouvais pas habiller comme je voulais, ni parfumer comme je voulais, ni nommer comme je voulais. J'étais là, avec mon corps d'homme, habillée comme tel, à côté de Mamma Mercy et d'Ava, dont les yeux bleu clair étaient noyés de larmes, et je me suis sentie triste. Mais sa voix… "*Au ciel, je suis au ciel…*", c'était comme une nouvelle possibilité, celle de vivre sur cette musique. "*Quand nous dansons ensemble joue contre joue…*"

C'était ce qu'il y avait de plus raffiné, de plus exquis, de plus radicalement unique à faire sur cette terre. Est-ce que vous l'avez déjà écoutée ? C'est de la musique à mettre quand le soleil se lève, quand la matinée se réchauffe, quand le repas est sur le feu, quand quelqu'un meurt, quand tu couches avec quelqu'un, quand tu pleures quelqu'un, quand tu vas te coucher, quand c'est le jour de ta fête, quand tu célèbres ta mort, quand tu voyages, quand ta mère te manque, quand tu as faim, quand tu bois et même pour dormir, comme s'il s'agissait d'une berceuse. Et je l'ai su avec tout mon corps que je détestais, mais que j'aimais aussi, car il me disait : "Écoute-moi, María, plus jamais tu n'entendras une musique comme celle-ci, une vraie messe noire, jamais, ce moment ne se répétera plus jamais dans l'histoire."

Elle a continué comme si elle était seule, tandis que nous descendions un bourbon après l'autre, des verres que nous pensions payer sans broncher, même si Billie nous avait dit que jamais de la vie, qu'elle prendrait tout en charge. Elle avait les yeux fermés, les bras figés le long de son corps, *chic, chac*, un claquement des doigts qui tombait toujours juste. Quand elle finissait une chanson, elle ouvrait les bras en croix. Elle n'avait plus qu'à léviter.

Elle s'est raclé la gorge entre deux chansons, elle a également ri car elle s'était trompée de ballade. Elle a démarré en chantant une chose, il s'agissait d'une autre. Elle a lancé au pianiste :

– Quel salaud, tu aurais pu faire une intro différente ! – Ses yeux étaient sur le point de sortir de son visage, elle soufflait comme un taureau, mais elle a posé la main sur son ventre, puis elle a poursuivi : – Cette chanson est pour deux demoiselles qui sont avec moi ce soir, je veux qu'on les applaudisse.

Les gens ont applaudi comme si la demande avait été faite par Pie XII en personne, nous avons failli mouiller nos châles (que nous imaginions sur nos épaules) tant nous avons été émues par le clin d'œil que Billie Holiday nous a adressé depuis la scène et qui semblait nous dire "C'est de vous qu'il s'agit, idiotes".

Elle en était à la sixième chanson quand la clameur a commencé : "Fruit étrange ! Fruit étrange !" Ava et moi, nous avons pensé que c'était un joli compliment.

– D'accord, cette chanson est très spéciale pour moi, a-t-elle dit.

La trompette a retenti si fort qu'elle a presque décoiffé ceux qui, comme nous, étaient assis à proximité de la scène. Tallulah criait "Mon amour ! Ma reine !", tellement hors d'elle que nous pensions qu'elle allait mourir d'un infarctus sur place.

– Mon Dieu, cette femme va avoir un malaise ! s'est écriée Ava.

Mais Billie a chanté et c'est la première fois que j'ai entendu parler pour de vrai du massacre des Noirs. Des Noirs qu'on pendait aux arbres tels des fruits qui répandaient dans l'air l'odeur de leur chair brûlée. Une récolte amère. Et nous qui pensions que c'était un compliment, cette histoire de "fruit étrange". Même si nous avions reçu un cours intensif sur l'œuvre de Billie Holiday, nous étions toujours ignorantes.

– Moi aussi, je suis un fruit étrange, ai-je murmuré, mais personne ne m'a entendue.

Nous sommes toutes les trois tombées dans les bras les unes des autres et cela nous était devenu égal qu'on nous voie pleurer. Des pédés et des larmes. Billie a fini sa chanson par un cri, les yeux brillants et exténués, comme si elle n'avait plus de forces pour continuer à chanter. La salle croulait sous les applaudissements et les ovations, hormis deux sales types accoudés au comptoir. Ils buvaient du vin et lançaient des grossièretés, des insultes à l'orchestre, provoquant constamment les serveurs et les jeunes femmes qui passaient près d'eux. Ceux qui étaient attablés réclamaient du silence, s'il vous plaît, et ils répondaient en leur cherchant des noises.

"*Tout ce que j'ai est à toi*", a-t-elle continué, mais avant qu'elle n'arrive au refrain, les deux types grossiers qui étaient au comptoir ont haussé la voix et ont crié :

– Police de New York !

Ils l'ont fait de manière tellement autoritaire que Billie s'est tue avant de disparaître en un éclair derrière la scène.

– Vous n'avez pas l'autorisation pour ce spectacle, a hurlé le plus vieux des flics.

Le propriétaire des lieux s'est mis à parler avec eux et Mamma Mercy a lancé un chapelet d'injures : bâtards, fils de pute, saletés de fils de pute. Moi, je me suis préparée à casser une bouteille sur le bord de la table afin de défendre Billie si on l'arrêtait, je savais qu'Ava me prêterait main forte dans la bagarre.

Mais ce n'est pas allé plus loin car Billie Holiday a disparu dans une voiture qui a filé dans les rues de

Harlem pour finir chez Mamma Mercy. Elle avait fracturé la porte pour pouvoir entrer, elle était assise à table quand nous sommes arrivées.

– Désolée pour la porte, on la fera réparer demain.

Elle était déprimée de ne pas avoir pu finir le concert.

Nous avons préparé un café dans une casserole brûlée et elle nous a raconté qu'elle avait besoin d'un endroit où se réfugier, qu'il lui arrivait toujours des trucs comme ça, que la police la suivait à la trace, qu'ils la suivaient même quand elle allait aux toilettes. Ils voulaient montrer qu'ils s'occupaient du trafic de drogue et punir Billie était utile pour l'exemple. La police semblait dire : "Regardez, nous arrêtons Billie Holiday, vous voyez comme nous sommes impartiaux." Billie a juré encore et encore, puis croisé ses mains qu'elle a serrées avec force, elle nous a dit qu'elle était clean. Qu'elle ne consommait que de l'alcool. Que l'époque de l'héroïne était très loin.

Avant qu'elle ne finisse le récit de ses misères, Mamma Mercy lui avait déjà préparé un lit avec des draps propres et un bain chaud. Le lendemain soir, nous sommes allées dans son appartement avec Ava pour récupérer des robes, du maquillage, ses deux manteaux de fourrure les plus coûteux et un rouleau de dollars caché derrière la cuvette des toilettes et que nous n'avons pas osé compter, mais ça semblait être une grosse somme.

Ava et moi, nous nous sommes partagé les rendez-vous du salon de coiffure. Elle travaillait le matin et moi l'après-midi, comme ça il y avait toujours quelqu'un avec Billie lorsque Mamma Mercy allait faire les courses ou rendre visite à un amant.

– Mes gardes du corps sont deux papillons ! – Elle se tordait de rire. – Si Louis venait à débarquer, il nous tabasserait toutes les trois.

Elle disait que Louis était un Noir qui avait la main dure. Qu'elle l'avait vu tabasser des boxeurs et des gros bras plus dangereux que lui. Même les murs de ciment ne résistaient pas aux coups de son homme.

– Je vais l'accueillir avec ce rouleau à pâtisserie, disait Ava, et elle brandissait à grand-peine l'ustensile de Mamma Mercy, qui avait déjà à son actif quelques crânes brisés.

– Mais, mon cœur, tu n'arrives même pas à le soulever. Tu es tellement pédale que tu as moins de force qu'une femme ! répondait-elle, en s'esclaffant.

Elle se levait très tôt le matin et écoutait une fréquence de radio où on passait de l'opéra jusqu'au milieu de l'après-midi. Elle faisait le café et nous aidait à préparer nos sacs pour aller au salon, elle ne mettait presque pas le nez dehors.

Aucun ex-mari n'est venu la chercher. Aucun dealer n'a frappé à notre porte. Même Lagran, sa guitariste, n'a jamais débarqué. Il n'y a eu que Mandy, la voisine qui habitait au coin de la rue, elle a senti quelque chose alors elle a osé demander ce qui se passait chez nous de si mystérieux, pourquoi on ne nous voyait plus dans le quartier et pourquoi nous ne fréquentions plus les fumoirs, et qu'avait donc Mamma Mercy qui sortait tout juste pour faire les courses, et seulement une fois par semaine.

Comme je savais qu'elle mourait de jalousie pour ce genre de choses, je lui ai dit en agitant un foulard avec affectation :

– Nous cachons chez nous une star de jazz, pour la protéger des journalistes.

– Je te crois pas, a répondu Mandy.

– Viens voir ça de tes propres yeux. Tu diras que tu préparais des beignets et que tu n'as plus d'huile, que tu passes chez nous pour qu'on t'en donne un peu.

L'après-midi même, elle a débarqué et Billie lui a ouvert la porte, mais comme c'était une de ces ignorantes qui courent les rues, elle n'a pas su qui c'était.

– Tu as menti, c'était pas une célébrité, c'était une Noire quelconque, a protesté Mandy le lendemain, quand elle m'a croisée alors que je me rendais au salon de coiffure pour prendre le relais d'Ava.

Nous ne savions plus depuis combien de jours, de semaines, Billie était notre invitée d'honneur à la maison. On aurait dit que nous avions toujours vécu ensemble. Pourtant, un après-midi où je remplaçais Ava qui était partie déterrer quelques trésors cachés dans les braguettes des Noirs, Mamma Mercy est entrée en trombe dans le salon de beauté, comme un troupeau de bœufs en pleine débandade. Toutes les clientes ont poussé un cri de frayeur en voyant ses hanches qui menaçaient de tout envoyer valser, les yeux gros comme des soucoupes, elle semblait être sur le point de cracher son cœur.

– Mais, ma belle ! Qu'est-ce qui t'amène ? On dirait que tu as vu le diable !

– C'est Bi... Bi... C'est Billie. Elle est devenue mauvaise.

– Qu'est-ce que ça veut dire, comment ça, mauvaise ? lui a-je demandé.

– Elle s'est mise à mordre le bord de la table et à grogner comme un animal.

J'ai laissé les cheveux de ma cliente à mon assistante et j'ai couru avec Mamma Mercy jusqu'à la maison. On a tellement couru qu'on était au bord de l'infarctus.

Nous sommes entrées en trombe, le pédé dépassé par le drame et la matrone au gros cul toujours disposée à aider. Nous avons appelé Billie, d'abord timidement puis en criant, mais on ne voyait la malheureuse nulle part. J'étais effrayée à l'idée de la trouver morte, ou je ne sais pas, que Louis l'ait enlevée de force.

Nous sommes allées dans la salle de bains à l'étage et c'est là que nous l'avons trouvée, dans la baignoire, avec de l'eau jusqu'au cou. Noyée dans la vapeur, l'eau était presque bouillante. Billie ne s'était pas déshabillée, elle avait son pull blanc et ces cheveux qui faisaient pitié, tout cramés à force de les lisser au fer chaud. La vapeur qui se dégageait de la baignoire nous brûlait le visage.

Mamma Mercy est restée figée devant l'image de la dame en train de bouillir dans la baignoire.

– N'ayez pas peur, nous a dit Billie.

– Cette eau est très chaude, mon amour, ai-je répondu.

– N'aie pas peur. C'est bien, je peux la supporter.

– Tu trembles ?

– J'ai eu envie d'un peu d'héro.

Nous l'avons sortie de la baignoire à nous deux, comme si nous étions en train de l'aider à venir au monde une seconde fois, elle était trempée, la pauvre, avec ces jambes de rien du tout, les genoux fripés comme la peau d'un très vieux visage, avec ces petits bras qui semblaient faits de papier et ce tremblement qui lui venait de l'intérieur. Nous l'avons essuyée, recouverte avec sa robe de chambre qui venait d'être repassée, puis assise près de l'âtre, où nous nous sommes mises à faire cuire un magnifique poulet jaune.

Après dîner, Mamma Mercy s'est assise avec son cul continental dans le fauteuil élimé dont elle avait hérité d'une ancienne patronne blanche, pour boire son brandy et fumer un cigare aux feuilles noires et moisies. Elle a ri un long moment en repensant à la stupeur des clientes lorsqu'elles l'avaient vue entrer. Puis Ava a débarqué, épuisée à force de chercher des trésors dans les braguettes des Noirs. Nous avons lentement coiffé nos perruques, comme chaque soir. Madame Holiday était très fatiguée, elle est allée s'allonger sur les cuisses de la maîtresse de maison. L'amitié est devenue silencieuse, chacune de nous s'est réfugiée dans sa propre musique. Mamma Mercy, qui sait, Billie, qui sait, Ava, qui sait. Mais ma musique, celle dont je peux parler, c'était le rêve d'une maison en Floride, près des fleuves et de la mer, mettre des fleurs dans mes cheveux et aimer un homme, puis un autre et encore un autre, et ne jamais désespérer à cause d'eux.

Toute une vie a dû s'écouler ainsi, jusqu'au moment où Mamma Mercy nous a toutes envoyées au lit. Billie a remué, un peu gênée.

– Putain de merde, a-t-elle dit. Elle s'était pissée dessus et avait mouillé sa robe de chambre et le canapé.

Un jour nous sommes sorties ensemble habillées avec ce qu'il y avait de mieux dans la garde-robe de Billie. Les paillettes, les sequins, les perles, les strass, les pierres, les brillants étaient en si grand nombre que nous avions l'impression d'être devenues des avenues de São Paulo. Nous sommes allées boire des bières dans un bar fréquenté par de vieux renards du jazz. Billie voulait croiser Lester Young, son Président mélancolique. Lester était un Noir aux yeux très tristes qui sortait de son saxophone le blues le plus raffiné que vous puissiez imaginer. Un type craintif et sensible, comme ceux que Dieu ne fait plus. Moi, j'aime les types qui sont capables d'éprouver de la peur.

– "Pres" est comme ça, nous a dit Billie. Il me manque. Je suis fourrée dans cette merde sans lui, sans ma mère, sans mon mari...

Dans une des coupures de presse que Mamma Mercy collectionnait pour nous, il y avait un article qui avait pour titre "La fin d'une amitié ?", et qu'illustrait une photo de Lester Young et de Billie dans un studio d'enregistrement. Le cliché était récent, Billie était très ressemblante à celle que nous connaissions. Lui, il rit sur la photo, il a l'air de plaisanter, alors qu'elle est en train d'argumenter, de manière passionnée, peut-être lui fait-elle un reproche, elle a une cigarette entre les doigts. L'article parlait de deux rumeurs qui circulaient à leur sujet. L'une de ces rumeurs prétendait que Lester était amoureux de la mère de Billie et qu'il ne lui pardonnait pas les disputes et les scandales que Lady Day faisait à sa mère lorsqu'elle se fâchait. On précisait même que l'une et l'autre en venaient parfois aux mains et que plus d'une fois elles s'étaient giflées devant tout le monde.

Nous avions du mal à le croire et ça ne nous intéressait pas trop de savoir quelle relation notre amie avait avec sa mère. Mais, d'après la presse people, c'était une des raisons pour lesquelles le saxophoniste de miel, une des périphrases qu'on utilisait pour ne pas répéter le nom de Lester Young, s'était éloigné de Madame Holiday.

L'article développait ensuite la seconde rumeur, bien plus cruelle, qui prétendait que Lester était éperdument amoureux de Billie mais qu'elle ne le voyait pas comme un compagnon possible. Elle l'aurait repoussé en se moquant de lui, lui aurait dit que pour rien au monde elle ne pourrait l'embrasser, qu'elle ne l'avait jamais vu que comme un "amant musical" et que cela devait lui suffire. Le fait est qu'ils ne se parlaient plus, mais dans la coupure de presse que Mamma Mercy nous avait mise de côté, personne ne le regrettait.

En tout cas, lorsque Billie a prononcé son nom ce soir-là, ses yeux ont battu comme un cœur. Alors nous sommes sorties toutes les trois. Ava et moi mortes de trouille, car nous avions croisé un chat noir à peine sorties de la maison et ça, c'était de très mauvais augure. Le fait est que nous sommes allées boire des bières dans le bar des Noirs remarquables où j'ai vu un petit blondinet de rien du tout, plus blanc encore que le lait, avec une mâchoire comme une pelleteuse, qui levait son verre en me demandant de porter un toast avec lui à distance.

– C'est Gerry! a crié Billie, et avec sa voix éraillée, elle a importuné tout le bar. Viens t'asseoir avec nous, mon salaud!

Gerry s'est accoudé à notre table, il nous a regardées un long moment dans les yeux, l'une, puis l'autre et l'autre encore, et il a dit à Billie:

– Louis te cherche. Il paraît que tu lui dois un manteau de vison.

– Il me l'a payé avec mon propre argent, je lui dois rien du tout. Je l'ai vendu. J'avais rien à bouffer.

– Il a dit qu'il allait te fracasser les reins s'il ne retrouvait pas le vison, ou l'argent du vison en question.

– Je l'ai vendu à cette jolie demoiselle qui est ici avec moi, a-t-elle répondu, et elle a serré le genou d'Ava, qui a compris ce qu'elle voulait lui dire.

– Tu dois prendre davantage soin de toi. Avec Webster nous voulons organiser quelque chose, on aimerait bien que tu sois là.

Ce soir-là, Lester n'est pas venu et Billie semblait avoir perdu tout goût à la vie. Ça lui arrivait souvent, d'ailleurs. Elle pouvait être la femme la plus joyeuse et soudain la plus triste. Elle croisait dans la rue un enfant qui lui souriait, elle le prenait dans ses bras, puis elle courait lui acheter des bonbons avant de le couvrir de bisous et de son rire à l'odeur de tabac. Ou, alors qu'elle se sentait très bien, elle disait "Bon, maintenant c'est terminé", et elle se mettait à faire le ménage de fond en comble dans la maison, dans tous les recoins, jusqu'à ce qu'elle brille comme un miroir, à la vitesse de la lumière. Et avec la même légèreté, elle s'affalait dans un fauteuil pour boire une bouteille de gin derrière l'autre jusqu'à perdre connaissance.

Et ce soir-là, quand elle n'a pas trouvé Lester, ça l'a rendue amère.

Une semaine plus tard, elle nous a dit qu'elle retournait à son appartement, si Louis ne l'avait pas trouvée après tout ce temps, il ne viendrait plus la chercher.

– Je suis sûre qu'il essaye de tirer quelques dollars du gros cul d'Ella Fitzgerald. Il va me foutre la paix, c'est certain, a-t-elle dit.

Mais avant de nous quitter, elle nous a demandé de porter à Sarah Vaughan, à l'entrée du théâtre où elle chantait, une mystérieuse boîte plate délicatement enveloppée dans du velours bleu roi. Pour nous acquitter de la tâche, nous nous sommes habillées en hommes, puis nous avons porté et remis la boîte en mains propres à Sarah, qui s'est conduite, il faut le dire, tel un ange d'amabilité souriante.

– C'est un présent que vous envoie Lady Day, mademoiselle Vaughan.

– Ah, qu'est-ce que ça peut bien être, venant de cette fille… cettefille-cettefille, a-t-elle dit sans cesser de sourire.

Elle nous a dit au revoir dans une avalanche d'amour et de baisers, puis elle a ajouté qu'elle avait toujours besoin d'un coup de main pour ses cheveux, qu'elle nous appellerait pour la coiffer, qu'elle était jalouse de Billie qui avait des cheveux impeccables en toutes circonstances : "True star", a-t-elle dit.

Billie nous a avoué qu'elle lui avait envoyé le caleçon du mari de Sarah, tel qu'il l'avait oublié dans son lit quelques mois plus tôt, avec un petit mot qui disait : "Avec un piano entre nous deux, la chanson que tu voudras, jusqu'à ce que l'une ou l'autre en ait assez."

Billie se tordait de rire en imaginant la tête de la pauvre Sarah Vaughan découvrant en quoi consistait le cadeau qu'elle lui envoyait, et même si nous l'avions trouvée très sympathique, nous avons convenu qu'elle le méritait bien après que Billie nous a révélé les raisons pour lesquelles elle s'était montrée si cruelle. Elle a raconté que lorsqu'elle était sortie de prison, se sentant seule et perdue à New York, elle avait voulu voir des gens qu'elle connaissait, de vieilles relations, alors elle était allée chercher Sarah au théâtre, comme n'importe qui l'aurait fait, moi y compris, chercher la compagnie d'une amie après avoir connu le malheur.

– À l'époque où elle chantait dans des boîtes minables avec des habits de mendiante, je lui avais envoyé deux de mes meilleures robes pour que, en la voyant habillée comme une star, on la traite comme une star.

Sarah avait pris sa défense devant la police quand elle avait commencé à avoir des problèmes pour des histoires de drogue. Et elle était convaincue, à tort, que l'amitié, c'était ça. Mais, au lieu d'une amie, le soir où elle était allée la chercher à la porte du théâtre après être sortie de prison, elle s'était retrouvée devant un mur d'indifférence qui avait refusé de la saluer. Des années plus tard, cette salope s'était justifiée en disant que c'était son mari qui le lui avait demandé. Pour le bien de sa carrière, il valait mieux qu'on ne la voie pas avec une femme qui avait fait de la prison.

– J'ignore pourquoi on nous punit quand nous désirons nous venger. Les gens n'ont aucun respect pour la souffrance, a-t-elle ajouté quand elle a eu fini de rire.

Quand elle est partie, la maison s'est vidée comme si nous avions déménagé tout ce qu'elle contenait. Elle est retournée dans son appartement avec sa ténacité comme seule défense. Elle est partie toute seule, emportant ses affaires et un panier rempli de petits pains que nous avions fait cuire pour elle, du jambon, du fromage et des fruits, elle a pris un taxi dans lequel elle a disparu au bas de la rue, loin de notre alliance.

Quatre mois au moins ont passé avant qu'on ne la revoie. Nous avions commencé à nous douter que quelque chose n'allait pas car elle ne chantait nulle part. Nous l'avons cherchée dans tous les fumoirs et les bars imaginables, en vain, et toujours le cœur serré, comme on dit.

Nous allions chez elle, mais rien. Nous veillions devant sa porte nuit et jour, sans plus de succès. Ava commençait à attendre à la mi-journée, je prenais la relève dans la soirée, nous tournions autour du pâté de maisons, allions, venions, sans oublier que personne n'aime voir un pédé traîner dans le quartier. Nous sonnions et rien, chaque jour qui passait sans que nous l'ayons retrouvée serrait de plus en plus notre cœur dans notre poitrine. Jusqu'à ce qu'une nuit, elle finisse par débarquer de nouveau dans le fumoir où nous l'avions connue. Émaciée, comme une algue accrochée au lit du fleuve, la peau de son visage toujours plus ravagée, elle n'avait plus de joues, plutôt une dépression sous les yeux, les dents encore plus abîmées. Elle avait perdu dix kilos, j'en suis certaine. Ses épaules étaient nues et on voyait saillir un os qui semblait être l'aile d'une gargouille.

– Gin au petit-déj, gin au dîner, que veux-tu ? s'est-elle excusée.

Puis elle a de nouveau roulé un de ces joints qui vous font exploser la tête et elle s'est éloignée de toute la troupe d'admirateurs qui l'entouraient. Elle n'était pas tout à fait à l'aise dans cet endroit. Le fumoir avait beaucoup changé en l'espace de quelques mois et les clients qui s'y trouvaient ne nous étaient plus familiers. Les Noirs et les Blancs ne semblaient plus cacher des trésors dans leurs sous-vêtements. Ils donnaient l'impression d'avoir l'entrejambe plein de vermines et de serpents venimeux. Elle nous a demandé de l'accompagner chez elle.

– Il y a des choses que je voudrais vous offrir, a-t-elle dit.

Alors nous sommes allées dans un appartement de rien du tout, tellement vide qu'il faisait de la peine. Il n'y avait qu'une table en pin et trois chaises déglinguées qui menaçaient de céder d'un moment à l'autre, un tourne-disque, quelques vinyles en pile dans un coin, une photo d'elle avec son chihuahua. Dans son réfrigérateur, une bouteille de lait avait commencé sa lente transformation en un fromage aigre et sur son lit il n'y avait que quelques manteaux pour faire office d'édredon sur les draps. Ses robes, ses chaussures, les rares bijoux qu'elle avait gardés, tout était éparpillé dans l'appartement tels des panneaux de signalisation, tels des aide-mémoire, des traces pour ne pas se perdre dans cette pauvreté qui autrefois avait été opulence.

– De mauvaises amours, a-t-elle marmonné.

Elle a mis un de ses disques, enregistré des années plus tôt, elle avait une voix bien plus jeune et cristalline qu'à présent, et elle s'est aussitôt mise à préparer un poulet à la cocotte.

– Nous allons prendre le petit-déjeuner, *ladies*, a-t-elle dit.

Elle nous a raconté que le producteur de son nouveau disque avait dû verser un pot-de-vin pour qu'on la laisse chanter dans un bar dont j'ai oublié le nom.

– J'ai cru que j'allais plus jamais chanter, mais si tu fais ça, c'est la mort.

Elle devait faire la promotion de ses chansons, mais elle avait du mal à ne pas boire, plus encore avec les accompagnateurs qu'elle trouvait toujours au dernier moment, des musiciens débutants qui lui demandaient toujours sur quelle note ils devaient jouer et qui étaient incapables de la suivre dans ses labyrinthes musicaux.

Tandis que la cocotte faisait de la magie avec le bouillon et le poulet, elle est allée jusqu'à sa chambre et en est revenue avec plusieurs robes qui étaient trop grandes pour elle.

– À ce stade, je pense que je ne reprendrai plus de poids.

Nous avons mangé le poulet à la cocotte puis, comme si nous avions été ses sœurs, elle nous a conduites jusqu'à sa chambre et a sorti un papier froissé qui se trouvait sous son lit. C'était un lit simple recouvert de draps truffés de brûlures de cigarette. Elle a déplié le papier et nous l'a montré : "Tu vas payer de ton sang chaque centime perdu."

– Louis est venu il y a quelques jours. Il a donné des coups de pied dans la porte pour entrer, mais la porte a tenu le coup. Alors il m'a écrit ça.

– Pourquoi tu ne vends pas tes manteaux de fourrure pour lui donner l'argent ? a demandé Ava.

– Parce que je pensais vous les laisser en héritage, a-t-elle répondu, en haussant les épaules.

Nous ne l'aurions pas accepté. Nous avons insisté pour qu'elle vende au moins le vison, qui, à ce qu'on disait, valait au moins dix-huit mille dollars, mais elle préférait le faire brûler plutôt que de donner l'argent à son ex-mari. Non, hors de question.

Après cette nuit-là, nous n'avons plus eu de mal à la trouver, et il lui est arrivé de venir nous rendre visite chez Mamma Mercy car nos *chilaquiles* du matin lui manquaient, comme nos *pozoles* du midi. Elle avait raison, c'étaient les seules occasions où elle s'alimentait correctement. Mais même dans l'état où elle était, alors qu'elle n'avait que la peau sur les os, elle nous a sauvées de la nuit la plus humiliante de notre vie. La police nous avait arrêtées dans un fumoir et ils nous avaient gardées, nues, dans la cour du commissariat, attachées à un poteau comme des martyres indignes, ils n'arrêtaient pas de nous asperger d'eau glacée et de nous crier les pires horreurs que vous pouvez imaginer. Alors que notre dignité était déjà à bout, nous avons soudain entendu qu'on s'agitait dans les bureaux, on semblait annoncer la fin du monde et nous avons compris que c'était elle qui était venue nous porter secours. Les balayeurs l'avaient prévenue de notre arrestation dans un fumoir cette nuit-là.

Elle a exigé qu'on nous libère immédiatement et a proposé de payer le dîner à toute la ville si on nous rendait à la vie rapidement. Elle avait apporté des vêtements d'homme, nous avons supposé qu'ils étaient à Louis.

– En plus ces salauds portent des vêtements qui m'appartiennent. Alors ils viennent avec moi, a-t-elle dit à tous ceux qui ont pu l'entendre, sur un ton qui n'admettait pas le refus.

Nous sommes allées chez elle le soir et avons dormi par terre sur un monticule de robes, de lettres d'admirateurs et de manteaux.

Un après-midi, Ava s'occupait de Mamma Mercy qui était alitée en raison d'une affection honteuse. Elle avait chopé une maladie vénérienne avec son amant, don Leonardo Muñiz, un Colombien qui essayait d'entrer dans l'histoire dans les rues de Harlem avec son accordéon du feu de Dieu. L'hirondelle noire, on l'appelait comme ça, car il allait et venait d'un village à l'autre au gré des saisons. À tous les coups, il avait fait un écart durant une de ses éternelles tournées et Mamma Mercy en avait payé les conséquences. La pénicilline l'avait clouée au lit et l'avait poussée au bord du délire, de sorte qu'une de nous deux devait la garder et s'occuper du ménage de la maison.

Moi, j'étais au salon de coiffure, j'essayais de donner du volume à trois pauvres cheveux qui se battaient en duel sur la tête d'une cliente qui laissait de bons pourboires. Mérités, bien sûr, car il fallait faire de la magie avec ces cheveux qui étaient comme de la poussière. Alors que je crêpais ses cheveux et lui mettais de la laque, j'ai commencé à me sentir triste. Je ne saurais dire comment c'était arrivé, mais le sentiment a été soudain. J'avais le crâne de la petite vieille entre mes mains lorsque j'ai eu un mauvais pressentiment. Je suis quelqu'un d'intuitif, c'est comme si l'air me parlait et me racontait des choses. J'ai continué, malgré le frisson qui m'a assaillie, j'ai insisté avec la chevelure de l'octogénaire.

Je ne sais pas si je vous ai dit sous quel nom on me connaissait au salon. Mais je vous le rappelle, au cas où : Carlos. Mon nom de garçon est Carlos Montoya. Heureusement, les clientes m'appelaient Charly et moi j'aimais la façon dont ce nom sonnait dans leurs bouches : *Chooorli*.

Pardon, je ne veux pas vous distraire avec mon manque de concentration. Donc, je suis là, en train d'écouter ma cliente se lamenter parce que ses enfants ne lui rendaient visite que pour lui demander de l'argent, et voilà que la Grande Lesbienne débarque, l'air affolée, comme Mamma Mercy quand Billie s'était fourrée dans la baignoire remplie d'eau bouillante. Elle était terrifiée, la pauvre.

– Je cherche María, elle a crié depuis la porte, et tout le monde dans le salon de coiffure a tourné la tête dans sa direction.

– María est une amie à moi. Qui la cherche ? ai-je rétorqué, et elle m'a aussitôt reconnue.

Elle s'est approchée et m'a parlé tout près de l'oreille. Moi, avec la brosse ronde et la laque dans les mains, comme une croix d'esthéticienne prête à me protéger de ce qu'elle pourrait bien me dire.

– Billie a besoin de toi. Elle te réclame.

J'ai dit à l'assistance qu'une amie avait des problèmes sérieux et sans attendre qu'on m'y autorise ni me préoccuper de chercher quelqu'un à même de finir la tête de la vieille chauve, j'ai pris mes affaires et ai couru en direction de la maison de Billie comme jamais je n'avais couru et comme jamais je ne courrais pour personne d'autre. La Grande Lesbienne est restée à la porte du salon de beauté avec sa frousse qui semblait provenir du diable.

Je suis arrivée chez Billie sans que mes chaussures aient touché le sol. Je ne me suis arrêtée que lorsque j'ai atteint sa porte. Je l'ai appelée.

– María ? a-t-elle demandé.

– Oui, ma chérie.

Elle est venue ouvrir.

– Viens, vieille garce.

En entrant, j'ai vu qu'elle avait un morceau de viande sur l'œil. Sa robe de chambre matelassée couleur vieux rose était tachée de sang. L'appartement était sens dessus dessous, comme si une tornade était passée par là. Il n'y avait plus de tourne-disques, ni de radio, ni de vinyles, ni de visons, ni de statuettes. Il y avait, en revanche, un verre de liqueur de menthe sur la table. Il y avait, également, une seringue et une assiette. Bien entendu, elle ne portait rien sous sa robe de chambre. On percevait aussi une odeur d'iode très désagréable, comme une odeur d'hôpital, une odeur mortuaire.

– Ça a été terrible, María. Il me balançait contre les murs comme une balle en caoutchouc.

– Personne n'est venu ?

– J'ai essayé de crier, mais il m'a mis la main sur la bouche et m'a donné des coups dans l'estomac.

Aïe, Billie, mon amour. Tu aurais dû rester avec nous. Nous aurions relancé ta carrière, nous aurions juré devant tous les juges, nous aurions pleuré, nous aurions rassemblé des signatures, nous aurions même mis le feu à cette saleté de monde pour que tu n'aies pas à endurer tout ça. Mais, loin de nous, c'est vrai que tu étais en danger.

Je l'ai conduite dans sa chambre. Tout son corps sentait la liqueur de menthe. Je l'ai couchée sans retirer le morceau de viande sur son œil.

– Pour que ça dégonfle, a-t-elle murmuré.

– Ça va aller. Évite de parler. Je dois appeler un médecin pour voir si t'as une fracture quelque part.

– Je le saurais. N'appelle personne... – Elle s'est arrêtée de parler pour respirer. Les ecchymoses commençaient déjà à révéler leurs taches violettes et verdâtres, sur les bras et sur les jambes. – Reste avec moi et n'appelle personne.

Je me suis assise par terre près de son lit et j'ai écouté sa respiration rocailleuse durant un long moment. La peur a cédé la place au calme et moi aussi j'ai commencé à respirer plus tranquillement. J'ai pensé que je devais rentrer à la maison pour raconter ce qui s'était passé, prendre le relais d'Ava pour qu'elle vienne ici. Cuisiner pour Mamma Mercy, qui était également en train d'agoniser.

J'ai eu l'idée d'aller chercher l'ex-mari de Billie, vêtue de noir, camouflée dans l'obscurité, de l'attendre le temps nécessaire, dans la pénombre, et lorsque je le verrais, de même pas lui donner le temps de cligner des yeux. De lui casser la gueule, à ce fils de pute. Lui foutre quelques bons coups de pied au cul pour avoir osé faire une chose pareille.

Soudain, Billie s'est mise à sangloter, avec la gravité des histoires qui s'achèvent.

– Il a embarqué le vison que je voulais t'offrir, a-t-elle gémi avant de retirer le bout de viande de son œil.

C'était moche. Elle ne pouvait pas ouvrir l'œil, il était violacé et gonflé comme une prune. La paupière ressemblait à un ballon et elle avait du sang séché sur le front et la tempe.

– Chuuut, mon petit cœur, chuuut…

– María…

– Quoi…

– Tu ressembles aux caresses, tu sais ? T'es magnifique… magnifique.

– Chuuut…

– T'es agréable, t'aides les femmes à être belles, et quand tu mets des robes brillantes, on dirait Frances Farmer, avec cette perruque blonde qui te va parfaitement.

Elle a toussé et émis une petite plainte tellement angoissante que l'appartement a tressailli.

– Arrête de parler, ça va te faire du bien de dormir.

– Ce soir-là, à l'Onyx… je te regardais depuis la scène et je voyais tes yeux se remplir de larmes…

– Bon, allez, Billie, c'est bon. Dors, comme ça je pourrai sortir pour passer un coup de fil.

– Ne me laisse pas seule.

– Je dois prévenir le salon de beauté que je vais bien et demander qu'on dise à Ava de venir nous aider.

– Mais je veux être avec toi.

– Chuuut…

– Je veux que tu me prennes dans tes bras.

Alors j'ai senti sa main osseuse passer sur ma joue, sur ma mâchoire que j'espérais ne pas être rêche à cause de la barbe, sur mon cou aussi, et elle est allée tout droit me pincer un téton.

– Ça a été très moche, María. Il m'a frappée, il m'a craché dans la bouche, il a pissé sur mes vêtements.

– Ça y est, c'est fini, dès que tu seras sur pied tu viendras à la maison avec nous.

Elle est restée silencieuse, même sa respiration s'est tue.

– Je veux que tu me fasses l'amour.

– Très sainte Vierge de Guadalupe, mais qu'est-ce que tu dis ?

– Je parle sérieusement. J'ai besoin que tu me fasses l'amour, que tu m'enlaces, que tu te déshabilles près de moi.

– Arrête, c'est pas drôle. Ça suffit, les bêtises.

Mais ses mains ont continué à me caresser, s'enroulant dans mes cheveux, le peu qui restait de mes cheveux de garçon. Elle s'est redressée sur l'oreiller, émettant une autre plainte, mais cette fois mi-sexuelle, mi-agonisante, puis elle m'a embrassée sur la bouche, et j'ai senti l'odeur de son sang et j'ai eu la nausée.

– Je parle sérieusement.

– Mais je ne suis pas un homme, je ne peux pas faire ça.

– Je n'ai pas besoin d'un homme. J'ai besoin d'une amie, de María… que María me caresse.

Alors elle a déboutonné ma chemise, un bouton après l'autre, avec le ronronnement de ses poumons de vieille dame chantant tout près de ma bouche, puis elle a glissé sa main dans mon pantalon et j'ai versé des larmes, et elle m'a dit de me calmer, que nous ne faisions rien de mal. Et sans m'en rendre compte j'étais nue à côté d'elle, avec mes tétons qui n'étaient pas épilés et torse nu, et elle avec ce petit corps cadavérique plein de bleus que son ex-mari, ce fils de pute, lui avait laissés en guise de souvenir.

Elle continuait à me murmurer près de la bouche des choses que je ne comprenais pas mais qui me donnaient le tournis en raison de l'odeur de ses mots, et soudain j'étais en elle, je la pénétrais, je l'aimais, je la caressais avec beaucoup de précaution pour ne pas lui faire mal, et elle était très calme, l'œil qu'elle pouvait ouvrir était très ouvert, il regardait à l'intérieur de moi, faisant connaissance avec tout mon être. Tout sentait mauvais dans la chambre, même ma honte avait un relent particulier, quelque chose d'inoubliable, comme la nuit où elle nous avait sauvées de la police municipale. Et moi je ne comprenais pas ce qui se passait avec mon corps, pourquoi ma bite s'obstinait à se rebeller et à bander, précisément maintenant et avec elle. Je n'identifiais aucune sensation, je ne reconnaissais rien de ce qui se passait là-dessous et là-dedans. Mais j'ai continué à bouger avec beaucoup de précaution tandis qu'elle ouvrait la bouche et gémissait.

– Je vais jouir, l'ai-je prévenue.

Ça a été très bref, comme une secousse.

J'ai joui, puis j'ai pleuré, sans savoir pourquoi. Elle était exténuée et elle s'est endormie. Je me suis rhabillée, je suis sortie sur la pointe des pieds et suis rentrée à la maison.

J'ai aussi pleuré lorsque j'ai raconté à mes colocataires dans quel état j'avais trouvé Billie, mais je ne leur ai pas parlé de la manière maladroite dont je l'avais consolée. Ava est allée s'occuper d'elle cette nuit-là, puis elle a alterné avec la Grande Lesbienne. Je crois que Carmen McRae, qui était une des rares amies qui lui restaient, est également allée la voir. Les choses se sont passées comme ça jusqu'à ce que son œil dégonfle et que ses bleus disparaissent.

Je ne suis pas retournée la voir. Ava me tenait au courant de tout. Parfois je faisais parvenir à Billie des lettres auxquelles elle ne répondait jamais. Je savais qu'elle était blessée par ma disparition, mais je ne pouvais pas faire autrement. Je ne pouvais pas faire abstraction de ce que nous avions fait ensemble. De ce qu'elle m'avait fait faire. Elle avait fait voler en éclats, sous mes propres yeux venus de Guadalajara, toutes mes certitudes à propos de l'amour. Ce serpent a dansé devant mes yeux et je l'ai pénétrée, j'ai pénétré une femme !, et j'ai senti que mon cheminement de pédé ne valait rien. Souffrir comme je l'avais fait pour devenir une femme puis finir au lit avec l'une d'elles et qui plus est pour lui faire l'amour.

Parfois, alors que je travaillais tranquillement dans le salon de coiffure ou que j'étais à la maison, le souvenir de son corps surgissait de manière soudaine, le souvenir de son vagin telle une figue sombre coupée en deux. Pleine de graines à l'intérieur. Ça a été comme faire l'amour à une immense figue qui respirait difficilement et poussait des petits cris. Je devais trouver le moyen de me défaire de ces pensées car j'étais en train de devenir folle. Quelle honte.

Ava allait et venait, allait et venait, elle s'occupait d'elle pour nous deux, elle compensait mon absence, disons. C'est durant ces allées et venues entre sa maison et la nôtre, comme si le fait de s'occuper de quelqu'un lui avait donné la tranquillité nécessaire pour affronter son destin, qu'elle a décidé de laisser dans un tiroir ses vêtements de garçon pour revêtir ses robes définitives, celles qu'elle ne quitterait plus jamais.

Parfois j'avais envie de lui demander si Billie, disons, avait dépassé les bornes avec elle. Mais je n'ai pas osé. Si elle l'a fait, Ava n'a pas considéré que c'était une raison suffisante pour s'éloigner d'elle.

Mamma Mercy lui rendait également visite de manière régulière. Parfois elles allaient chez elle ensemble. Elles l'ont également accompagnée à l'occasion d'une de ses dernières apparitions à la télévision. Elles l'ont coiffée, maquillée. Elles cuisinaient et lui laissaient à manger pour deux ou trois jours. Elles insistaient pour qu'elle mange. Ni Ava ni Mamma Mercy n'ont demandé pourquoi je n'allais plus chez Billie. J'ai comme l'impression qu'elle leur a expliqué les circonstances.

On m'a apporté son avant-dernier disque, *Lady in Satin*, qui est entièrement enregistré avec des cordes. C'est mon disque préféré, je le dirai toujours. Il y avait une dédicace : "María, je suis une idiote de t'aimer. Billie." Un baiser estampillé au rouge à lèvres couleur terre.

Quelque temps après, nous avons appris qu'elle était hospitalisée au Metropolitan, sous escorte policière. On avait trouvé de l'héroïne sous son oreiller.

Nous sommes allées tous les jours à l'hôpital, mais nous n'avons pas pu la voir.

Elle est morte sans faire de bruit, internée là, comme les louves quand elles sont vieilles et qu'elles cherchent un endroit pour s'en aller. Quand on l'a trouvée, elle avait un rouleau d'environ vingt dollars à l'intérieur de sa chaussette.

J'écris depuis la prison où je me trouve depuis six ans pour avoir défendu Ava d'un salaud qui a failli la tuer à coups de poing. Ce chapitre s'est clos de manière fantastique pour moi. La police m'a trouvée écroulée sur le corps sans vie de l'agresseur noir, avec ma perruque de Frances Farmer dans une main et un cendrier de pierre dans l'autre.

J'aurais fait ça pour Billie et pour Mamma Mercy comme je l'ai fait pour Ava. Si c'était à refaire, je le referais, toujours. Il faut bien que cette force d'homme serve à quelque chose.

Je me suis rendue. Je l'ai fait sans me plaindre. Je savais qu'ici, j'allais me reposer un peu. Que j'aurais des petits copains, que les gars allaient m'aimer, que je ferais des messes noires avec les pédés et que je serais la reine des travaux manuels. Ici, personne ne me jugerait si j'avouais que je ne m'étais pas contentée de faire l'amour avec Billie Holiday. Je lui avais également volé le bracelet en or avec le diamant incrusté. Elle le laissait traîner sur ces pauvres meubles qu'elle avait chez elle, sans lui accorder grande importance.

Mon intention était de lui rendre son bijou s'il venait à lui manquer. Mais elle ne s'est même pas rendu compte qu'elle ne l'avait plus.

Le goûter

– Grand-mère… Pourquoi nous sommes marron ?

La grand-mère arrête de nettoyer les fusils. Elle est assise à la table de la cuisine avec deux fusils et la boîte de munitions.

– Qu'est-ce que t'as dit ?

– Pourquoi nous sommes couleur marron ?

– Nous ne sommes pas marron, nous sommes brunes. D'où tu sors ça ?

– On était en classe de gym et Tati m'a crié : "C'est dégueu, elle a les tétons marron !"

Le couvercle de la bouilloire commence à trembler et grand-mère se lève. Elle éteint le feu et saisit le manche de la bouilloire en fer à l'aide d'un torchon. Elle met deux sachets de café dans une tasse et un sachet de thé dans une autre, puis elle verse l'eau. Elle apporte les deux tasses jusqu'à la table. Le sucre et les petites cuillères sont déjà sur la nappe. Elle déballe le pain qui est caché sous plusieurs torchons afin qu'il reste bien chaud. Ça fait moins d'une heure qu'elle l'a sorti du four en terre cuite.

– Et pourquoi elle a vu tes tétons ? – La grand-mère s'assoit.

– Après avoir fini le cours de gym, on devait mettre des habits secs. Alors j'ai enlevé mon tee-shirt qui était trempé de sueur et elle a vu mes seins. Pourquoi nous sommes marron ?

– Nous ne sommes pas marron. – La grand-mère souffle sur la tasse qu'elle tient entre ses mains. Elle porte une alliance en or qui lui coupe le doigt presque à la racine. – Ne dis pas marron, c'est une couleur immonde. Nous sommes brunes, c'est pas pareil.

Elle prend une gorgée de café brûlant. La grand-mère fait quelques grimaces involontaires et ses yeux se remplissent de larmes car elle s'est brûlé le gosier. Sa petite-fille rit.

– Nous ne sommes pas marron, nous sommes brunes. Entendu ?

– Mais tu me dis rien. – La petite fille verse dans son thé deux cuillères remplies à ras bord de sucre, elle ajoute du lait, coupe des petits morceaux de pain et les jette dedans. Le thé au lait fait gonfler le pain qu'elle mange à l'aide de sa cuillère, comme si c'était de la soupe.

– Nous sommes brunes parce que, quand on nous a faites, il n'y avait plus assez de peinture.

– Quelle peinture ?

– À l'endroit où on fabrique les gens, ils n'ont pas eu assez de peinture pour nous donner une couleur bien foncée. Nous aurions dû être noires, mais là où on donne la couleur aux gens, ils n'avaient plus de peinture. Il y a beaucoup de personnes comme nous dans le monde. On a reçu moins de couches. Les gens blancs ne sont même pas peints, c'est pour ça qu'ils se blessent autant. Parfois, il suffit qu'on pose un doigt sur eux pour qu'ils deviennent rouges comme une tomate.

– Tu me racontes des salades.

– Non. C'est pas moi qui le dis, ce sont les vieilles.

– Toi, tu es vieille.

– Oui, mais il y en a de plus vieilles que moi, crois-moi.

– Et pourquoi Tati m'a dit que c'était dégueu d'avoir les tétons marron ?

– Parce que c'est une idiote. C'est pour ça qu'elle l'a dit. C'est mieux d'être brune. Elle est peut-être très gringa, mais là où on fabrique les gens, on l'a même pas peinte. Il doit bien y avoir une raison. – Elle prend une autre gorgée de café, cette fois avec plus de précaution, et elle lance une nouvelle salve : – En plus, il y a beaucoup d'avantages à être brune. Les couleurs te vont mieux, le rouge, l'orange, le jaune. Va mettre du jaune à celle qui t'a dit que les tétons marron c'était dégueu, et tu verras si ça lui va. Moi, je préfère enfiler une robe jaune et qu'elle m'aille bien. Et en plus tu peux te mettre au soleil sans devenir rouge comme une écrevisse, ton dos à toi ne brûle pas aussi facilement que celui de cette Tati. Et j'oubliais : nous les brunes, nous vieillissons mieux. Regarde la peau de ta grand-mère.

La grand-mère offre son visage à sa petite-fille, comme si elle lui montrait un bijou ou un objet de grande valeur. D'abord une joue, puis l'autre, puis une pommette, ensuite l'autre. À l'aide de ses mains, elle fait un cadre pour son visage.

– Regarde, regarde la peau de ta grand-mère.

Elle lève le menton. Elle ferme les yeux. Elle montre son cou. Elle défait les boutons de sa robe jaune et montre ses clavicules, regarde la peau de ta grand-mère, brune, les os de sa poitrine, regarde, regarde. La vieille montre le relief de son avant-bras, qui au soleil brille comme une épée.

– Regarde. Pas mal pour soixante-treize ans. Ici, il n'y a que de la crème hydratante et du soleil. Et sans la terre sablonneuse qui se soulève au mois d'août et la chaux de la carrière, je n'aurais même pas besoin de crème. Mais ce nuage de poussière brûle tout.

La petite-fille a cru à un moment que la grand-mère allait défaire sa chemise et lui montrer ses tétons. C'est pour ça qu'elle la regarde, l'air effrayée. Pourquoi s'est-elle mise à lui exposer ses rides ? Elle ne va pas lui poser la question, il vaut mieux ne pas l'inciter à aller plus loin. Elle aspire les cuillérées de pain trempé dans le thé au lait. Quand elle finit le pain qu'il y a dans sa tasse, elle en coupe un peu plus et engloutit le tout avec le restant de thé. La grand-mère, qui a fini de nettoyer les fusils, devient volubile, le café lui a réchauffé le bec :

– En plus nous sommes plus chères...

– Comment ça, plus chères ?

– Les choses plus sombres sont plus chères, en raison de leur rareté.

La petite-fille fronce les sourcils. Pourquoi sa grand-mère dit ces choses-là ?

Les fenêtres de la maison ont avalé la lumière, il devient nécessaire d'allumer la lampe-tempête et d'ajouter quelques bougies ici et là.

– Pense à un meuble tout en bois d'ébène, qui est le bois le plus noir au monde. Tu connais quelqu'un qui ait une chaise en ébène ?

– Non.

– Bien sûr, parce que c'est très cher. Tu connais quelqu'un qui porte un collier de perles noires ?

– Non, dit sa petite fille tandis qu'elle soupire, gênée par les questions que lui pose sa grand-mère. Cette habitude qu'a sa grand-mère de poser des questions quand elle lui demande quelque chose. Ne serait-ce pas plus simple de lui dire pourquoi elles sont marron, et puis voilà ?

– Tu connais personne qui porte un collier de perles noires parce qu'elles coûtent les yeux de la tête et qu'en plus c'est difficile d'en trouver. Ce n'est pas seulement une affaire d'argent. C'est que tout ce qui est noir est plus joli que ce qui est de n'importe quelle autre couleur. Tu te souviens de la chanteuse noire qui est passée à la télé, et toi tu as dit, comme elle chante bien, et tu as eu la chair de poule ?

– Oui ! dit la petite-fille, souriante, car enfin elle peut répondre par un oui.

À une époque elles ont eu l'électricité dans la maison, alors elles regardaient la télé. Une autre vie.

– Regarde les panthères noires. Les olives noires ! Et l'évêque de Brisson avec ses plumes bleues et noires… N'est-ce pas plus joli qu'un canari ? C'est mieux d'être comme ça.

– Ma maman, elle était de quelle couleur ?

– Elle était comme nous. Les camarades de l'école l'appelaient sucette au goudron. Sucette au goudron, sucette au goudron ! Et elle rentrait en pleurs à la maison et me disait que c'était ma faute. Comme j'ai eu du mal à lui faire comprendre que c'était mieux d'être brune. Qu'on pouvait s'allonger au soleil pour dormir sans se couvrir de cloques ! – Elle fait un geste désespéré, comme si les mots ne lui suffisaient pas pour se faire comprendre.

– Moi, j'aimerais être comme mes copines. Comme Tati. De cette couleur-là.

La grand-mère boit la dernière gorgée de café et pose violemment la tasse sur la table. La petite-fille sursaute sur sa chaise.

– Il commence à faire nuit. Allons-y.

La petite-fille laisse la tasse avec au fond plein de miettes collées, puis elle suit sa grand-mère qui porte les deux fusils. Elles traversent toute la cour qui s'éteint peu à peu, dévorée par l'heure. Les empreintes de l'une et de l'autre restent visibles, comme les roues d'un petit véhicule.

Le long du grillage, il y a des sacs et des sacs de terre. Une tranchée réalisée à l'aide de sacs de patates remplis de terre. Le sol poussiéreux de ces parages. La grand-mère étend une bâche sur le sol. Elle s'agenouille. Sa petite-fille l'imite. Elle donne un fusil à l'enfant, qui l'accueille avec des petits yeux effarés et beaucoup d'efforts car il est lourd et trop grand pour une enfant de son âge. La grand-mère la regarde tandis qu'elle s'installe comme un soldat avec son fusil. C'est bien. Elles s'appuient sur les sacs de terre et visent.

La maison est vide et tous les animaux dans la cour dorment. Sauf les chiens. Il suffit que l'une des deux soit éveillée pour que les chiens ne dorment pas.

La petite-fille et la vieille dame ont des yeux de lynx. Au milieu de la nuit, elles évoluent mieux qu'un esprit.

– Quand ils arriveront, si un de ces fils de pute descend de la camionnette, tu vises la tête. Il ne faut pas que ta main tremble, lui dit la grand-mère, alors la petite-fille positionne son épaule, le doigt sur la gâchette, elle plante les pieds dans la poussière et respire profondément. Comme on le lui a appris.

Ne reste pas trop longtemps dans la fange

Les jambes de Martincito pendent au-dessus du ravin. Il est avec son nouveau chien, un chiot couleur caramel. Il passe le temps, et c'est précisément ce qui met son père en rogne. Mais lui, il adore l'après-midi, il aimerait que l'après-midi dure davantage encore pour rester là à passer le temps, à la sortie du village. Le ravin est près de chez lui. Le trajet pour rentrer est court, il pourrait rapidement se mettre à faire toutes les tâches que son père lui laisse par écrit avant de partir pour le chantier, sur un petit bout de papier collé sur le frigo à l'aide d'un aimant. Il prend juste le temps qu'il faut pour que chez lui personne ne se pose la question : mais où est passé ce petit merdeux ?

Ce jour-là, la solitude qu'il apprécie tant s'est brisée. Il a dans ses mains un nouvel animal de compagnie, un ami. Il doit être courtois avec lui et lui offrir ce qu'il trouve beau. Le ravin près de chez lui, ce qui reste d'une carrière abandonnée, l'après-midi chaud et le concert de cigales. Martín fait partie de ces paysages. Il les connaît comme s'ils faisaient partie de lui mais il ne se laisse pas embobiner par la coquetterie de la nature : il sait que derrière tout arbuste en fleur il peut y avoir un serpent à sonnette ou un scorpion. Il se promène dans ces parages comme le seigneur dans son domaine, mais il se méfie toujours du paysage, comme son père le lui a appris.

Il n'a pas eu de mal à choisir le nom de son chien. Il l'a appelé Don José comme le concierge de son école, un homme qu'il aimait beaucoup car il le traitait bien et qu'il le défendait si durant la récré un grand cherchait à l'intimider. Il a su quel serait le nom du chien le jour où son père lui a appris la nouvelle :

– Maman est partie, elle a pris ses affaires et elle nous a quittés.

Sa sœur – sa sœur qui ressemblait tellement à leur mère – et lui sont restés là, ne sachant quoi répondre.

– Alors, pour que vous ne soyez pas trop tristes, choisissez quelque chose que vous aimez et qui ne soit pas trop cher, je vous le rapporterai quand j'irai au village.

Le frère et la sœur sont restés silencieux.

– Qu'est-ce que vous voulez ?

Martincito s'est aussitôt vu avec des cheveux longs et une robe que sa mère avait oubliée dans sa fuite, courant sur les mottes de boue sèche avec un petit chien qui le suivait, la langue pendante.

– Je veux un petit chien. Un petit chien pour l'appeler Don José.

– On verra, a éludé le père.

Et maintenant, avant de l'emmener chez lui, il se rend compte qu'il a finalement un chien comme celui que l'on voit sur le calendrier du glacier du village. Un petit chien qui a l'air de sourire tandis qu'une petite fille blonde et heureuse le prend dans ses bras dans un parc tellement vert que rien qu'à le regarder, on a mal aux yeux. Martincito aimait aller chez le glacier, plus encore que pour les glaces, pour rester des heures à regarder l'image de ses rêves, comme il nous est arrivé à tous de le faire un jour. Et le voici, assis au-dessus du ravin alors qu'il ressemble à ce qu'il désirait, comme s'il était la mélancolie de lui-même. Don José dort sur ses genoux, c'est encore un chiot, sa transpiration mouille les jambes de l'enfant. Il pense qu'une vie aussi petite que celle de son chien, si elle était précipitée dans l'abîme du ravin, éclaterait comme le crapaud que sa sœur, quelques années plus tôt, avait écrasé avec la massue de leur père.

Sa sœur n'est pas méchante, mais elle l'a fait pour voir comment était l'animal à l'intérieur. Le père disait que les crapauds écrasés sur le bitume étaient comme des grenades, elle n'avait jamais vu de grenade, mais le père leur avait dit que c'était le seul fruit au monde rempli de pierres précieuses. C'est sans doute ce qui a éveillé sa curiosité, car sa sœur n'était pas capable de faire du mal à un animal, bien au contraire. Chez eux, les poules, les chèvres et le cheval de leur père étaient toute sa vie.

L'après-midi est comme une éclipse. Si on regarde du côté du couchant, on garde dans les yeux une tache blanche qui s'imprime sur tout ce qu'on observe ensuite. Quelle que soit la direction dans laquelle on regarde. D'un côté, on peut déjà sentir le parfum de la nuit et de l'autre la lumière est intense et orangée.

Les enfants méritent une telle solitude parfois, un silence maternel, un silence paternel qui leur permette d'être avec leurs pensées, à regarder un après-midi comme celui-là, à côté de leur chien qui renifle par moments en marquant le rythme. Martincito sursaute quand les oiseaux se mettent à crier, comme s'il avait dormi les yeux ouverts.

Don José est petit, il a environ deux mois, et Martincito a fait sa connaissance peu de jours après sa naissance, dans la maison de doña Rita, sa voisine.

– T'as vu comme ils sont beaux ?

– Oui. Et la mère ?

– La pauvre, elle est épuisée. Tout l'après-midi pour mettre bas. Je savais pas comment l'aider. Elle se repose maintenant. – Puis elle a ajouté : – Il y en a un qui te plaît ?

Martín a regardé de nouveau à l'intérieur de la boîte et il l'a vu. C'était un chiot qui avait hérité du croisement dont il était issu de longues oreilles qui retombaient sur ses yeux comme les oreillettes d'un bonnet et d'un museau large avec une truffe qui semblait de caoutchouc.

La voisine qui vivait à plus d'un kilomètre de là lui a montré les chiots à l'intérieur d'une boîte qu'elle avait tapissée d'une couverture à carreaux.

– Celui-ci, a dit Martín.

Les chiots gémissaient à l'intérieur de la boîte. Doña Rita regardait l'enfant avec la même commisération. Elle a pris le chiot dans la boîte et l'a déposé entre les mains de l'enfant.

– Si tu le veux, il est à toi.

– Mon père va pas vouloir, a répondu l'enfant.

– Laisse-moi m'occuper de ce bêta.

La chienne qui venait de mettre bas a grogné et lancé un aboiement pour que Martincito remette le chiot dans la boîte. C'était une chienne vieille et lourde, elle n'inspirait aucune pitié et on ne se sentait pas coupable de lui prendre un de ses petits.

La voisine doña Rita éprouvait beaucoup d'affection pour l'enfant, ça lui faisait un peu de peine que sa mère soit partie comme elle l'avait fait, au beau milieu de la nuit, mais il faut dire que Ricardo Camacho, le père, était un type aigri qui la maltraitait et tôt ou tard il devait se passer quelque chose d'irréversible. Veuve et allant sur ses soixante-dix ans, doña Rita avait été la seule à observer la détérioration du mariage des parents de Martín, tout en se tenant à une distance prudente. Elle pouvait intervenir ou rester silencieuse, selon les circonstances, qui avaient été rudes à plusieurs occasions. Il y avait eu de la souffrance, des coups et des poursuites dans la forêt, une machette à la main. Pour doña Rita, faire partie de l'équation, en raison de la confiance que la mère de Martín avait en elle, la poussait à rester attentive à ce qui pourrait se passer chez Ricardo Camacho. Elle vivait grâce à la pension de son mari qui avait été juge de paix du district de San Javier et qui avait en quelque sorte été un père pour la mère de Martincito. Quand l'enfant revenait de l'école, il lui faisait les courses et portait les sacs avec une responsabilité et une force inhabituelles pour son âge. Il parlait comme un grand et posait des questions qui la faisaient réfléchir.

– Aujourd'hui à l'école il y a des enfants qui ont rigolé quand la maîtresse a dit "homosexuel" et on a fini par les exclure de la classe... C'est quoi, un homosexuel ? lui a-t-il demandé un jour, tandis qu'il prenait son goûter chez elle comme invité d'honneur.

Doña Rita est restée bouche bée.

– C'est lorsqu'une fille, au lieu d'être attirée par un garçon, est attirée par une autre fille. Ou l'inverse. Quand un garçon, au lieu d'être attiré par une fille, commence à l'être par un garçon.

– Et ça, c'est mal ou c'est bien ?

– Ce qui est mal, c'est qu'une vieille comme moi soit en train de te raconter ces choses-là.

– Mais c'est bien ou c'est mal ?

– Moi, je pense qu'il n'y a rien de mal là-dedans. Les gens, selon la manière qu'ils ont de voir, trouvent que c'est une chose bonne ou mauvaise... ou bien ils prennent peur, ou alors ça leur est égal. Mais, maintenant, finis ce chocolat avant qu'il refroidisse.

Comme toute promesse engage, peu de temps après, elle est allée chez Martincito pour parler avec son père et lui dire qu'elle avait ce chiot chez elle, et que s'il voulait bien, elle l'offrirait comme cadeau d'anniversaire à l'enfant, mais il fallait qu'il soit d'accord.

– Le moment est idéal. La mère a cessé de l'allaiter. C'est un chien qui va apprendre vite.

– C'est un grand chien ? a demandé Ricardo Camacho en gonflant la poitrine sous sa chemise serrée et trempée de sueur. On entrevoyait la chair dure et poilue d'un gars de la montagne qui arrachait des soupirs aux filles du village, mais qui a plutôt fait de la peine à doña Rita. Avec elle ! Qui aurait pu être sa grand-mère et en savait long sur les hommes ! Elle a fait comme si de rien n'était et a poursuivi.

– La mère est grande, mais va savoir quel chien l'a montée. J'ai l'impression qu'il ne va pas grandir plus que ça, a dit la voisine, en plaçant la main parallèlement au sol, à la hauteur de son genou. Comme ça, un peu penchée sur le côté, elle faisait plus vieille que son âge.

– Je sais pas, les jeunes chiens mettent le bazar. Et le gamin sera distrait.

– Mais Martincito est un très bon élève. Il lit couramment comme un grand, et il n'a que sept ans ! Ça lui ferait du bien d'avoir un ami.

– Ne l'appelez pas Martincito.

– Pourquoi ?

– Ça l'infantilise. Il faut qu'il devienne un homme. Vous lui parlez comme s'il était tout petit et ce petit pédé ne me parle pas comme un homme.

– Oh, pardon. Il est jeune et il a traversé un moment difficile. Ce serait bien que quelqu'un lui donne de l'affection, lui tienne compagnie, a-t-elle rétorqué.

Ricardo Camacho a planté la pelle dans la terre, comme s'il marquait une limite. On aurait dit qu'il traçait dans le sol la distance qu'il avait voulu garder dès le début avec cette vieille fouille-merde, mais sans y arriver.

– Le gamin vous a demandé de venir me parler ?

– Non. C'est moi qui ai eu l'idée. Je l'aime beaucoup et je pense que c'est un gentil garçon.

– C'est vrai, ça ? a demandé Ricardo en faisant rétrécir le blanc de ses yeux, et en lui offrant le début de son profil, pour que son manque de confiance soit manifeste.

– Je suis une femme d'un certain âge, Camacho... je ne vais pas te mentir, à toi.

Depuis la maison, tandis qu'il prenait son goûter, Martincito regardait la scène à travers les rideaux de la porte, de longues franges en plastique transparent comme celles que l'on voit dans les boucheries. Sa sœur de onze ans, Irupé, était en train de recoudre l'élastique de ses culottes.

– C'est toi qui lui as dit de venir parler avec papa ? lui a-t-elle demandé en murmurant.

L'enfant a fait non de la tête. Quand il a de nouveau regardé en direction de la cour, il avait raté la fin de la conversation car la voisine était déjà en train de rebrousser chemin. Le père est revenu, il a posé la pelle dans l'encadrement de la porte.

– C'est toi qui lui as demandé le chien ?

Il a nié, tête baissée. Irupé a regardé le père, le père a regardé Irupé. Comme cette adolescente aux longs cheveux noirs lui rappelait son épouse. Elle lui ressemblait tellement que parfois il en avait peur.

– Tu lui as rien offert pour son anniversaire. Laisse-le avoir le chien.

Ricardo Camacho a regardé autour de lui, ses enfants le regardaient, craintifs, ils avaient été abandonnés par leur mère comme s'ils étaient un fardeau. Il a soupiré et s'est frotté la tête avec ses mains sans savoir quoi faire. Il ne savait pas s'il allait punir son fils pour avoir demandé le chien à la vieille, s'il allait punir sa fille pour lui avoir parlé sur ce ton, comme si elle était grande (ce qui était devenu habituel chez elle), ou s'il allait accepter le chien.

– C'est bon, va le chercher. Quand tu reviendras, tu passeras au tamis toute cette charrette de sable, entendu ? – Il montrait un monticule de sable plus grand que Martincito. Ça lui prendrait tout l'après-midi et une bonne partie de la soirée. – Et après, tu le mettras dans les sacs, je dois les emmener demain au dispensaire.

Ricardo était en train de construire l'extension du dispensaire du village.

– Oui, papa.

Il a bu la dernière gorgée de maté cocido. Il s'est levé puis il est allé prendre son père dans les bras, plein de gratitude. Ricardo l'a repoussé d'un mouvement sec et net comme le mouvement d'une machine, le bras d'une pelle mécanique.

– Je veux pas qu'il entre dans la maison, entendu ?

Martincito a acquiescé.

– C'est toi qui lui donneras à manger, et s'il me dérange ne serait-ce qu'une fois avec ses aboiements, il retourne chez la vieille, entendu ?

Martincito est parti en courant pour prendre son vélo déglingué et aller chercher Don José. Dans la précipitation, il n'a pas esquivé la plaque de boue asséchée qui se trouvait à l'entrée de la maison, la roue arrière a dérapé sur la maudite poussière et il est tombé. Son père le regardait depuis la maison.

– Qu'est-ce qu'il est bête ! Sers-moi un maté, a-t-il demandé à Irupé et il s'est assis à table, trempé de sueur, en colère à cause de la tasse sale que son fils n'avait pas lavée, plein de rage d'avoir cédé à la demande de la vieille. Irupé a mis la bouilloire sur le feu et elle a préparé le maté. Les mêmes gestes que sa mère. Ricardo n'aimait pas du tout l'amitié de doña Rita et de son fils. Elle avait déjà exercé une mauvaise influence sur sa femme, et elle allait sûrement faire la même chose avec lui. Elle lui prêtait des livres. Quelle sorte d'amitié était-ce, ça ? Le gamin devrait avoir des amis de son âge pour aller chasser des oiseaux avec son lance-pierre ou pêcher dans le ruisseau, au lieu d'aller chez une vieille chichiteuse qui lui servait du thé et lui offrait des petits chiens. Tant de présence féminine était une mauvaise influence dans la vie d'un garçon, l'une tellement présente parce qu'elle était partie et l'autre non moins présente qui lui offrait un chien. Elle aurait dû lui offrir une pioche et une pelle. Mais qu'est-ce qu'il y pouvait, lui, puisque depuis que sa femme était partie il arrivait tout juste à leur mettre de la nourriture sur la table et à les envoyer à l'école. Il avait de la peine pour eux.

Il n'ignorait pas que, par moments, il se comportait comme un vrai salaud avec ses enfants.

C'était vrai que sa fille ressemblait à sa mère, Antonia Charras. La même couleur de cheveux, la même bouche, les mêmes dents, les mêmes yeux. L'héritage maternel. Antonia Charras a été secrétaire du juge de paix du village durant quinze ans. Doña Rita, la voisine, qui était la femme du juge, l'aimait comme si elle était sa propre fille, comme si elle l'avait mise au monde. À vingt-deux ans, Antonia a connu Ricardo Camacho. À l'époque, il était un des plus beaux gars de la région. Il avait une moto Gilera noire qui rugissait sur les chemins impraticables, entre les mottes de boue, il avait de bonnes jambes de footballeur et de gros bras forgés grâce aux animaux tués dans la cour. Tout son corps semblait célébrer sa force. Elle, en revanche, était de ces jeunes filles qui n'attiraient pas l'attention des garçons. Peut-être en raison de sa peau pâlotte et de sa manière de s'habiller, dissimulant ses formes, peut-être parce que c'était la secrétaire du juge et que cela lui donnait une aura intouchable. Ou en raison de sa poitrine plate, allez savoir. Le fait est que Ricardo Camacho l'a remarquée un matin où il est entré dans le tribunal pour une démarche qu'il devait faire pour sa moto et, dès qu'il l'a vue, Antonia Charras lui a plu. Pour toutes ces raisons, pour sa discrétion, pour ses robes sans forme, pour sa poitrine plate, pour sa façon d'être, un peu fantasmagorique. Lui, il était jeune, mais au fond il était aussi vieux jeu qu'un homme âgé. Il savait qu'il était beau et qu'il devait se marier tôt, associer sa pauvreté à une autre afin que la vie devienne moyennement tolérable dans le cours poussiéreux des jours, là, au village. Aucune autre dans ces montagnes ne gagnait ce que gagnait la secrétaire du juge de paix. En plus Antonia lui avait plu car elle marchait vite, en faisant de grands pas, sans se dandiner. Elle marchait comme un homme.

Ils se sont mariés malgré les mises en garde du juge et de doña Rita. Ils ont voulu la prévenir que ce garçon n'était pas le dernier Coca-Cola du désert. Le juge de paix lui a conseillé d'éviter de tomber enceinte, elle pourrait aller faire des études à Córdoba si elle le souhaitait. Tous deux ont essayé de la faire attendre un peu, elle ne devait pas se marier si vite, il valait mieux de longues fiançailles afin de mieux le connaître. Mais le torse de taureau et la bite en or ont gagné la partie et Antonia a plongé la tête la première pour être avalée par ce puits.

Les premiers mois de fiançailles ont été beaux, même si Ricardo paraissait être avare en paroles. Comme s'il devait payer pour chaque mot prononcé. Antonia voulait quelquefois lui raconter les projets qu'elle avait pour leur maison, les endroits qu'elle aimerait connaître, les noms avec lesquels elle voudrait baptiser leurs enfants. Mais Ricardo Camacho était dur comme une pierre de la rivière et il n'y avait pas moyen de parler avec lui. Pas plus que de le quitter. Dès leur nuit de noces, l'un et l'autre se sont rendu compte qu'ils avaient commis une erreur et qu'il n'y avait plus moyen de revenir en arrière.

À peine mariés, Antonia s'est endettée jusqu'au cou avec sa carte de crédit. Elle a acheté tous les matériaux nécessaires pour que Ricardo construise leur maison sur un terrain qui avait appartenu à ses parents. Tel était l'accord qu'ils avaient passé : elle prenait en charge le terrain et les matériaux et lui, la main-d'œuvre. Ils n'avaient qu'une pièce, une cuisine et une salle de bains quand ils ont emménagé, là où le village finissait. Il n'y avait que de la boue craquelée à perte de vue.

Antonia a appris tardivement qu'elle était enceinte. Elle n'était pas à l'affût des signes annonciateurs d'une grossesse. Elle n'a rien senti de particulier, elle n'a pas eu de nausées, pas de vertiges. Rien. Alors qu'elle arrivait au troisième mois, elle s'est aperçue qu'elle n'avait pas ses règles depuis un moment, alors elle est allée chez le médecin à l'heure du déjeuner.

Maintenant elle devait le dire à Ricardo et ça, c'était le plus difficile, car Ricardo insistait sur le fait qu'il était libre, qu'il n'était attaché à rien ni à personne. Et il le lui montrait chaque jour. Il se levait, en guise de petit-déjeuner il avalait un café en restant debout dans la cuisine, il se rinçait la bouche et crachait dans l'évier où on lavait les assiettes. Puis il allait travailler et ne revenait que tard le soir, parfois bourré comme un coing et taiseux.

Elle lui a dit qu'elle était enceinte et le mari a bien réagi, il semblait presque content.

– J'espère que ce sera un garçon, comme ça il pourra m'aider au boulot, a-t-il dit avec tout l'espoir dont un homme comme lui était capable.

– Du moment qu'il est en bonne santé, que ce soit ce que Dieu voudra.

Le visage de Ricardo a changé pour virer au mépris, et il a dit avant de sortir et de se prendre la cuite de sa vie :

– Comme c'est bizarre, tu me contredis tout le temps…

Irupé est venue au monde et l'aigreur de Ricardo Camacho s'est accentuée. Il est devenu amer dans la cohabitation. Sur les trente jours que compte un mois, il y en avait vingt-huit où il était de mauvaise humeur, et si le mois comptait vingt-huit jours, il y en avait vingt où il était ivre mort. Il passait son temps à insulter les esprits du vent et de l'eau. Et quand il a osé lever la main sur Antonia, il n'a plus pu s'arrêter. Il aimait lui donner des gifles, avec la main ouverte, parce qu'il avait passé trop d'heures à travailler, parce qu'il était jaloux, parce que la gamine pleurait ou parce que River Plate avait été relégué en deuxième division.

Quatre ans après la naissance d'Irupé, Martincito est arrivé. Et un temps, Ricardo Camacho a semblé s'assagir. Mais la paix n'a été qu'une fleur d'un jour et quand l'enfant s'est mis à pleurer la nuit, il s'est de nouveau défoulé sur sa femme.

Dans ces tourments, Antonia Charras effeuillait ses vingt ans. Durant de longues années, elle a pris les enfants avec elle au bureau, le juge de paix était d'accord. Il lui arrivait de débarquer chez doña Rita à n'importe quelle heure, avec les enfants dans les bras, agitée et en pleurs, cherchant un refuge le temps que Ricardo cuve. Elle s'est mise à vieillir à toute allure, devenait doublement vieille et avait de plus en plus de ressentiment, d'un côté elle aimait ses enfants mais de l'autre elle les rendait responsables du fait de ne pas pouvoir partir.

– Quitte-le, pars vivre en ville. Ça te fera du bien, lui disait doña Rita.

Elle semblait résignée. Car c'était un mauvais mari mais un bon père et on ne peut pas tout avoir dans la vie. Comme c'est difficile de rencontrer quelqu'un qui travaille et ne frappe pas les enfants.

– Je ne peux pas le quitter. Ce sont ses enfants et il n'est pas méchant avec eux. Il ne leur manque rien, il les élève correctement et n'a jamais levé la main sur eux. Je ne peux pas les prendre avec moi, s'excusait Antonia.

– Mais, il les aime ?

– Je crois bien, oui.

Quand le juge de paix est mort, emporté par un cancer douloureux et fulgurant alors qu'il n'avait que la peau sur les os, Antonia a senti qu'elle était vraiment seule au monde. Le juge était la seule personne que Ricardo craignait. La fois où il a vu des bleus sur sa secrétaire, il est immédiatement allé le chercher et l'a remis à sa place avec deux ou trois cris bien placés.

– Pars vivre avec ma femme, lui avait dit le juge dans son agonie. Prends les gamins et va chez moi. Restes-y, tenez-vous compagnie l'une l'autre maintenant que je ne serai plus là.

Mais, pour Antonia, ça représentait le pire des échecs que de ne pas pouvoir amadouer le type qui l'avait rendue méchante et craintive.

Martincito se souvient de sa mère tandis qu'il est seul, devant le ravin, avec son chien. Il se souvient comme elle lui semblait belle à côté des mères des autres enfants de l'école. Il pense aux heures qu'il passait à la regarder se préparer avant d'aller au tribunal. À son parfum et à la manière dont il le lui piquait parfois pour s'en mettre un peu sur les oreilles, imitant ses gestes à elle. Quand la tristesse commence à monter, il secoue la tête comme son père le lui a appris et il se dit que l'heure de la question approche : où est passé ce petit merdeux ? Mais il a besoin de temps, quelque chose comme prendre des forces et reconnaître les tensions qui l'affectent, comme lorsqu'on doit soulever un objet très lourd et que l'on prévient chaque cellule de son corps afin qu'elles s'y préparent. C'est pour ça qu'il est allé jusqu'au ravin avec son chien avant de l'emmener chez lui. Il voulait le baptiser avec son paganisme infantile, lui donner des forces pour résister aux rudesses de Ricardo Camacho, le type qui rendait folles les femmes du village et soulevait trois sacs de ciment en même temps pour les porter sur son épaule, ce phénomène de foire qu'était son père. Il voulait ce moment préalable pour faire comprendre à son chien qu'il devait seulement se montrer patient. Pour Martín, c'est facile. Il travaille comme une brute malgré son jeune âge. Alors Ricardo sent qu'il a mis au monde un enfant utile. Et il le laisse en paix.

Il se lève, il secoue la poussière sur son pantalon, il met le chien à l'intérieur du petit panier de son vélo tapissé de chiffons pour que ce soit plus confortable et puis il retourne chez lui. Lorsqu'il arrive, Ricardo est sur le point de se doucher, alors il le regarde entrer du coin de l'œil. L'enfant s'arrête et lui montre le chien comme s'il le lui offrait.

– Comment il s'appelle ?

– Don José.

– Pfff, ce nom, dit-il, et il se déshabille devant la porte de la salle de bains en laissant tous ces vêtements sales sur le sol. Irupé, passe-moi la serviette de toilette.

Martín reste immobile comme une pierre devant la porte, offrant Don José dans ses mains à cet homme nu, dont la poitrine, le ventre et les jambes sont recouverts de poils frisés. Un mélange de honte et d'amour fait chauffer ses jambes. Irupé passe à côté de lui avec les serviettes et elle caresse Don José. Elle frappe à la porte qui s'ouvre lorsqu'elle y colle les jointures de ses doigts.

– Papa, la serviette !

– Laisse-la sur le lavabo ! crie le père depuis la douche.

Ils ont un chauffe-eau électrique qui les oblige à prendre des douches rapides. Irupé entre tout en gardant les yeux rivés sur son frère, elle pose la serviette sur le lavabo d'un mouvement rapide, sans regarder, avec la précision d'une aveugle. Puis elle ramasse les vêtements de son père et les met dans le panier de linge sale.

– Va tamiser le sable et jouer avec Don José, comme ça tu te coucheras tôt, dit Irupé à son petit frère, alors l'enfant va dans la cour et il se met à lancer une pelletée de sable derrière l'autre sur un cadre de lit métallique. Il a de la force dans les bras et il est habile pour manipuler la plus petite pelle de son père. Le sable fin retombe. Don José reste immobile à ses pieds, par moments il remue la queue, il le regarde avec ces silences très noirs que sont ses yeux. À l'intérieur de la maison, sa sœur poursuit son travail, maintenant elle reprise des chaussettes du père comme sa mère l'avait fait durant les années passées avec eux.

Lors du dernier hiver – Martín venait d'avoir six ans –, Antonia avait passé toute une nuit dans un arbre en chemise de nuit et pull. Elle avait réussi à échapper au poing de son mari et avait alors couru jusqu'à trouver un tronc qui lui permette de monter et de se cacher. Elle avait grimpé au faux-poivrier le plus proche et elle s'était cachée dans les dernières branches qui supportaient son poids. De là, elle avait contemplé la petite maison qu'ils avaient construite après s'être endettés auprès de la moitié de la planète. Les toits de bois et de zinc, les ouvertures dans la tôle, le lavoir sans eau chaude du côté où le froid était le plus virulent, la cour toujours sèche, comme si l'herbe refusait de pousser pour elle. Elle avait passé toute la nuit accrochée à l'arbre de toutes ses forces pour ne pas tomber et elle avait pleuré, pleuré jusqu'au lever du jour. Quand les coqs avaient chanté et qu'elle n'avait plus pu rester agrippée aux branches du faux-poivrier, elle avait su que sa chair ne supporterait pas un coup de plus. Elle était retournée dans la maison avec l'idée qu'une limite avait été franchie. Ricardo était en train de préparer un sac avec des vêtements de rechange, un déodorant et ses papiers.

– Tu vas où ? lui avait-elle demandé.

– Je vais jouer au foot. On joue à San Javier et on va passer la nuit là-bas, avait-il répondu en mettant du déodorant comme si c'était du parfum.

– Tu rentres demain ?

– Je sais pas quand je rentre, Antonia. Fais pas chier.

– Très bien.

Ricardo avait dit au revoir à ses enfants et il était parti dans la Fiorino qui était sa fierté et l'objet de son affection. Une fois la nuit tombée, alors que les enfants s'étaient endormis, Antonia avait mis quelques affaires dans un sac décoloré, elle avait déterré du jardin une petite boîte avec ses économies, elle avait mis un peu de maquillage dans son sac à main, et elle était sortie sur la pointe des pieds de la maison dont la construction lui avait coûté la moitié de sa jeunesse, puis elle était partie sans adieux, sans larmes. Elle était montée dans le premier autobus qui quittait le village, celui qui se rendait à l'endroit le plus éloigné de San Javier, car pour rien au monde elle ne voulait croiser Ricardo.

Elle était passée d'un village à un autre plus éloigné et plus personne n'a jamais rien su d'elle. Le lendemain, les enfants se sont réveillés et ils l'ont appelée en criant, puis ils sont partis à sa recherche. Ricardo est rentré trois jours plus tard et il les a trouvés dans la maison de doña Rita.

Antonia est partie en laissant le livre de sa vie ouvert pour qu'ils écrivent là-dedans ce qu'ils voudraient. Elle s'en est allée sans laisser ne serait-ce qu'une lettre d'adieu sur la table et on n'a plus jamais eu de ses nouvelles. Doña Rita l'a cherchée comme elle a pu en parlant avec des connaissances qui venaient d'autres villages mais elle n'a réussi à avoir aucune information. Personne n'a déclaré sa disparition, volontaire ou non.

De son côté, il a donné sa version des faits. Qu'elle était partie avec un autre, se mettant lui-même à la place de la victime cocue. Les crétins du village avaient cru la version du mari abandonné et ils avaient eu de la peine pour les enfants. Les petites copines ne lui ont pas manqué, certaines d'entre elles ont même voulu nouer une relation avec Irupé et Martín, mais il les mettait toujours dehors après une colère et, au bout du compte, c'étaient les enfants qui le voyaient se soûler tous les soirs tandis qu'il mangeait ses côtelettes bien grasses et ses six œufs au plat devant les émissions de faits divers qui passaient alors à la télé.

À présent, Ricardo Camacho est plongé dans ses élucubrations d'homme abandonné, il a fini son dîner et il est accoudé à la table, avec son Tetra Brik de vin blanc, donnant à son foie le breuvage qu'il aime tant, rotant à cause de l'eau gazeuse avec laquelle il coupe son vin, regardant Irupé faire la vaisselle juchée sur un parpaing pour pouvoir atteindre l'évier de la cuisine, regardant Martín terminer de tamiser le sable avec, dans ses pattes, ce chien qui ne sert et ne servira jamais à rien.

– Donne un coup de pied dans la tête à ce clébard pour qu'il te foute la paix ! crie-t-il à l'enfant.

– Mais comment il va donner un coup de pied à un chiot, ça se fait pas, répond Irupé.

– Le chien est l'animal le plus traître qui soit, après ta mère.

Martín met dans des sacs tout le sable tamisé puis il entreprend de faire une niche pour Don José à l'aide d'une caisse de pommes et de quelques chiffons. Il sait que, la nuit, lorsque son père tombera ivre mort, il emmènera le chien pour dormir dans son lit. Il partage sa chambre avec Irupé, elle ne le dénoncera pas.

Une fois qu'il a fini la niche et après y avoir déposé le chien (en espérant qu'il ne pleure pas), Martincito va s'asseoir à table pour manger une escalope milanaise avec des pâtes au beurre et au fromage que sa sœur a préparées pour tous les deux. Ils dînent en silence, mais Irupé, sous la table, lui donne des petits coups de pied comme pour signifier à son petit frère qu'elle est là, qu'il ne doit pas s'inquiéter.

Soudain, Ricardo devient bavard.

– Ça fait combien de temps que t'es ami avec doña Rita, toi ?

– Depuis que maman était là… je me souviens plus.

– Quand maman était vivante. C'est comme ça qu'on dit.

– Papa ! interrompt Irupé. Lui dis pas ça !

– Moi, je dis les choses comme je veux. Et c'est bien ce qui s'est passé, pas vrai ? Votre mère est morte, pas vrai ?

– Non, elle est pas morte. Elle est juste partie, dit Martín en pleurant et mâchouillant son dîner.

– C'est-à-dire que si cette grôsssâlope, parce qu'on ne peut que l'appeler comme ça, si cette putain de salope de merde débarque demain, vous allez l'accueillir à bras ouverts ?

– On sait pas ce qui va se passer, répond Irupé.

– Rien, il va rien se passer, parce que cette grôsssâlope va pas revenir, compris ?

Les deux enfants gardent le silence. Ricardo reprend.

– C'est compris ?

– Oui, papa.

– Oui, papa. Je peux sortir de table ? demande Martín.

– Non. Toi, tu restes là. Et toi, si tu veux, tu peux aller dormir, dit-il à Irupé.

Irupé débarrasse, lave la vaisselle, nettoie la table avec un linge humide puis va se coucher, telle une petite esclave partant rejoindre son cabanon.

– Le fais pas veiller tard. Il est fatigué après avoir tamisé tout ce sable.

– Moi, à son âge, je tamisais cinq brouettes et je faisais pas tant d'histoires.

Martín est silencieux, les yeux baissés.

– T'as fait venir ce chien à la maison et je sais bien que c'est toi qui as dit à cette vieille de venir m'embrouiller. Tu devrais aller jouer avec les autres gamins, aller chasser des pigeons avec ton lance-pierre, et pas être en train de rendre visite à la vieille grôsssâlope qui te manipule comme elle veut. On dirait que c'est moi le mauvais père et que ta mère est une sainte.

Ricardo se lève et va dans la cour pour pisser en regardant la rue, comme s'il disait me voilà, le monde, cette bite, grosse et fanée, est à moi, cette pisse jaune et puante est la mienne, je suis le maître de cette maison, de ces enfants, de ce ciel et de cette nuit. Il sait que personne ne passera par là car ils habitent tout au fond du cul du village. Leur rue n'avait même pas de nom il y a quelques années encore, puis on l'a baptisée Pasaje La Piedad, passage La Pitié. Mais la pitié est une vertu qui ne traîne pas dans les parages. Ici, il y a tout juste la vie de ces enfants qui pleurent en cachette la fuite de leur mère. Qui se réveillent en sursaut quand ils entendent crier les maîtresses de leur père, au milieu de coups d'un soir vite expédiés. Ici, dans ces terrains boueux dont Antonia s'est échappée, il y a tout juste le cœur carbonisé de ces enfants. La pitié est allée se cacher loin, très loin de là.

Il secoue sa queue, il essuie ses mains sur son pantalon et retourne s'asseoir à table devant son fils, qui n'a pas bougé.

– Tu sais pourquoi ta mère est partie ?

Martín fait non de la tête.

– Par ta faute. Parce que toi, tu voulais pas avoir un autre petit frère. Tu savais pas que c'était à cause de ça ?

L'enfant ne dit pas un mot. Dehors, le chien pleure.

– Fais taire ce chien.

Martín va jusqu'à la niche et le prend dans ses bras, il reste dehors, debout, derrière le rideau avec ses franges en plastique nouées à l'aide d'un chiffon. Il a une attitude protectrice à l'égard du chiot. Il pense que si le père essaye de faire du mal à Don José, il peut s'enfuir en courant vers la forêt. Il lui sera impossible de le retrouver au milieu de la nuit. Il a plein de cachettes secrètes. La forêt est son amie.

– Je vais rien faire au chien. Mais je veux que ce soit clair pour toi, que tu saches qui est responsable du départ de ta mère. Sale petit morveux capricieux. Ta sœur, elle, elle voulait un petit frère, tu vois. Et toi, t'as pas voulu qu'il y ait un autre gamin dans la maison. Pédé.

– J'ai pas dit ça à maman.

– Si. Elle m'a dit que tu lui avais dit que tu voulais pas de petits frères. C'est pour ça que les derniers temps elle était malade, parce qu'elle prenait des contraceptifs.

La langue devient lourde à l'intérieur de sa bouche. Le liquide épais de la cuite afflue et danse dans sa tête.

– Mais ici, le salopard, c'est toujours moi… toujours moi… et le con que je suis ne fait que bosser pour que t'ailles dire du mal de ton père à cette vieille. Pour que tu joues au pote avec cette vieille et que tu me fasses passer pour un idiot.

La voix d'Irupé arrive de la chambre :

– Laisse Martín venir se coucher. Il est déjà tard, papa.

Ricardo le regarde puis il ordonne :

– Laisse-là le chien et va au lit… Ou mets la niche à côté du lit mais attention, s'il fait pipi, vous allez voir, toi et le chien.

Martín va chercher la caisse. Quand il passe devant son père, il s'arrête un moment.

– À demain. Bénis-moi, papa.

Ricardo fait le signe de croix sur son front.

– Que Dieu te bénisse. À demain.

Il passe de l'autre côté du rideau accroché à l'endroit où devrait se trouver la porte de sa chambre.

Déjà bien éméché, Ricardo Camacho prend les ciseaux et coupe l'extrémité d'une autre brique de vin, va pour la deuxième ! Puis il reste là jusqu'au moment où il se réveille car sa tête vient de percuter la table. Il n'a aucune idée de l'heure qu'il est et il a laissé sa montre dans la chambre.

Il sort de nouveau pour pisser dans la cour, encore une fois n'importe où et encore une fois, pour s'essuyer, il frotte les mains sur son pantalon. Chancelant et jurant dans sa barbe, il s'approche de la chambre de ses enfants. Irupé dort, couverte d'un manteau qui a appartenu à sa grand-mère bien qu'il ne fasse pas si froid. L'enfant tourne le dos à la porte et la niche du chien est au pied de son lit. Il dort en caleçon. À un moment il se retourne et gémit comme s'il pleurait en rêve, en direction du plafond. Ricardo contemple ses enfants en se balançant sur le seuil, se tenant à l'encadrement de la porte, il a la nausée à cause de l'odeur d'humidité qui vient de la salle de bains qui n'a pas de ventilation. De la pisse continue à goutter de sa bite, mais il ne s'en rend pas compte. Il mouille son pantalon. Il rentre dans la chambre, couvre un peu mieux Irupé et caresse ses cheveux qui sont les mêmes que ceux d'Antonia. Il a des vertiges et la pièce rétrécit puis se distend rien que pour l'emmerder. Il s'accroche à la tête de lit de sa fille et reste là un moment pour reprendre ses esprits. Silencieux et étranger à cette chambre plus qu'à n'importe quelle autre chose au monde. Et pas seulement étranger à la chambre de ses enfants, mais aussi à leurs vies. Comme s'il n'était pas leur père. Martín a cessé de gémir et ses paupières bougent comme si ses yeux, en dessous, dansaient sur une piste de patinage. Il s'approche de son lit et le couvre avec le drap. Il le regarde dormir un long moment et finit par se pencher, s'accrochant à la tête de lit, puis il lui donne un long baiser sur la bouche. Il se relève comme il peut et va se coucher.

Pour Martín, c'est comme si on lui collait un quartier de mandarine sur les lèvres. Ces mots passent par sa tête : la belle au bois dormant. Il se tourne pour voir sa sœur et il la trouve assise dans le lit. Elle a dans la main la lampe de chevet sans abat-jour, prête à l'exploser sur la tête de Ricardo Camacho s'il était resté une demi-seconde de plus à faire ce qu'il a fait. Martín va dans le lit de sa sœur et ils dorment ensemble. Lorsque Don José pousse un gémissement, à un moment, en pleine nuit, ils le font monter dans le lit avec eux.

Merci, Difunta Correa

À la fin du mois de novembre 2008, Don Sosa et La Grace sont allés jusqu'au sanctuaire de la Difunta Correa à Vallecito, à moins de cent kilomètres de la ville de San Juan. Avant le lever du jour, La Grace a mis dans un panier en osier un thermos avec de l'eau chaude et toute la panoplie pour boire du maté, des scones qu'elle avait cuits au four la veille pour les manger durant leur voyage, des sandwichs à la viande panée, une glacière avec des sodas et des canettes de bière pour Don Sosa, et, dans son sac, une médaille d'argent qu'on m'avait donnée pour mes bons résultats scolaires.

Don Sosa était nerveux chaque fois qu'il devait conduire sur autant de kilomètres. Il avait passé toute la semaine le nez sous le capot à vérifier que la mécanique fonctionnait parfaitement, à démembrer le moteur, lui faisant des greffes, remplaçant de vieux tuyaux par des pièces neuves afin d'éviter les problèmes sur la route et ne pas avoir à payer les fameux pots-de-vin que la police routière des provinces de Cuyo exige des touristes. La Grace lui faisait souvent des scènes qui pouvaient finir en terribles disputes car Don Sosa abîmait ses vêtements avec cette obsession qu'il avait. Ses pantalons étaient pleins de graisse, ses belles chemises maculées de grosses traces noires. Peu importaient les vêtements qu'il avait sur lui : si sa voiture avait besoin d'être ouverte et révisée, il remontait ses manches et jouait au mécanicien. “Et puis de toute façon, c'est la crétine qui lave”, disait La Grace.

Ils sont partis de Mina Clavero. Ils ont traversé la vallée de Traslasierra en écoutant de la musique folklorique, buvant du maté, se taquinant l'un l'autre comme un couple habitué à partir en voyage, un couple qui aime voyager. Chez eux, c'était devenu une habitude, dès que je me suis installée à Córdoba pour mes études et qu'ils se sont de nouveau installés ensemble après avoir été séparés durant plus d'un an. Mais la destination était nouvelle, jamais ils ne s'étaient rendus au sanctuaire de la Difunta Correa.

La chaleur de Villa Dolores les a mis de mauvaise humeur et lorsque le soleil a commencé à monter dans le ciel, alors qu'ils arrivaient à La Rioja, ils se sont chamaillés pour des broutilles, ces petites disputes qu'ils ont toujours eues.

Don Sosa conduisait très bien. Et il jurait sans cesse quand il était sur la route. Chaque fois qu'un automobiliste faisait une infraction, il lui lançait un torrent d'injures, y mêlant sa mère, sa grand-mère et sa sœur. Parfois il lui souhaitait la mort et La Grace le réprimandait comme elle l'aurait fait avec un gamin.

– Comment peux-tu jurer tout le temps comme ça, sur la route ? T'en as pas marre d'insulter les gens ?

S'ils voyaient au bord du chemin un petit oratoire rappelant un accident mortel, ou bien la statue d'un saint, Don Sosa se signait et sollicitait sa protection.

– Petit curé Brochero, accompagne-nous dans ce voyage. Amen. Gauchito Gil, protège notre voyage. Petite Vierge de la Vallée, je m'en remets à toi.

La Grace ne supportait pas les mièvreries de cul-bénit de son mari. C'était une femme qui avait été blessée par l'Église catholique. Elle avait assisté à la messe le premier jour où j'avais officié comme enfant de chœur et où j'avais porté les hosties pour que le père Pedernera donne la communion aux fidèles. Elle s'était confessée et était un peu nerveuse de voir son petit en train d'assister le prêtre derrière l'autel. Au moment de recevoir le corps du Christ et de boire son sang, alors que le curé et son propre fils pédé qui débutait comme enfant de chœur se trouvaient deux ou trois marches au-dessus d'elle, à la place de l'hostie et de la petite gorgée de vin, elle a eu droit à une main poilue l'écartant de la rangée des fidèles. Et à la voix du curé :

– Toi, tu peux pas communier.

– Pourquoi ? a demandé La Grace avec un éclat humide dans ses yeux immenses.

– Parce que tu vis en concubinage. Et c'est un péché.

La Grace s'est retirée en silence, elle a fumé une cigarette après l'autre sur les escaliers du parvis de l'église du Secours Perpétuel de Mina Clavero jusqu'à la fin de la messe, lorsque je suis sortie. Tandis que nous descendions la côte en tenant nos vélos près de nous, La Grace m'a dit, avec dans les yeux ce même éclat douloureux qu'elle avait eu lorsqu'elle avait cherché à savoir pourquoi on l'excluait :

– Je n'y retournerai plus.

Elle n'est plus jamais retournée à la messe et peu à peu tout ce qui touchait au catholicisme a commencé à l'agacer. Elle a continué à croire en la Vierge de la Vallée, une foi héritée de sa grand-mère, mais elle s'est définitivement éloignée des croyances qui jusqu'alors avaient guidé sa vie.

Je ne sais pas très bien comment, mais de longues années après, l'histoire de la Difunta Correa est arrivée jusqu'à eux. Il se peut que le zonda l'ait soufflé à un autre vent qui est arrivé aux oreilles de mes parents pour leur murmurer quelque chose à propos du grand pouvoir de Deolinda. Ils ont dû l'identifier comme une affaire païenne, dégagée d'une manière ou d'une autre des chaînes du catholicisme. Alors un jour ils sont allés la voir.

Deolinda Correa est une sainte populaire qui, une nuit, avant de réaliser des miracles, alors qu'elle était harcelée par une brute alcoolique de son village, a dû fuir avec son enfant âgé de quelques mois à peine dans les bras. Elle a traversé le désert en partant d'Angaco avec l'intention d'arriver à La Rioja, où son mari avait été emmené par un groupe de combattants durant la guerre civile. Tout au plus avait-elle pu emporter deux gouttes d'eau. Elle n'avait avec elle que sa frayeur et son bébé. La détresse l'a emporté sur la prévoyance et elle s'est retrouvée en espadrilles en train de courir en plein désert au cœur d'une nuit tellement claire qu'on pouvait voir même sous la terre. Le désert est traître. Quand tu n'as plus d'eau et que tu marches sous un soleil qui te déteste, que tu es perdue et qu'un être pleure contre ta poitrine, tu regrettes d'avoir fui le salopard qui t'a poursuivie au point de t'obliger à te tirer comme une vermine, tu n'as plus qu'à renoncer. Insulter ton connard de mari et dire là c'est bon, j'arrête. Te réfugier dans l'abandon qui est le tien et laisser la fatigue et la soif faire leur travail. En tenant ton enfant contre ta poitrine. En délirant et en poussant tes derniers soupirs parmi les explosions de lumière dans la poussière ardente.

Au-dessus du corps sans vie de Deolinda volaient des charognards, noirs et funestes. Au loin, des bergers ont vu la ronde mortuaire et ils ont pensé qu'une biquette, qu'un agneau s'était peut-être perdu dans le désert, alors ils sont allés dans le secteur où les vautours tournoyaient. Mais ils n'ont pas trouvé d'animal. Ils sont tombés sur Deolinda Correa, morte, et son bébé accroché à son sein, buvant le lait maternel, ignorant la fatalité qui le cernait.

Premier miracle.

Depuis, la figure de la Difunta Correa a pris une dimension de sainteté qui a échappé à l'Église catholique, et peu à peu sont apparues les pierres de ce qui allait devenir un sanctuaire très populaire où les gens humbles laissent les offrandes de leur foi. Des maquettes de maison, des robes de mariée, des bouquets de fleurs en plastique, des plaques en argent et en bronze, des montres, des pendentifs, des croix, des photographies, des bouteilles d'eau.

Qu'est-ce que Don Sosa et La Grace sont allés faire là, après avoir traversé le grand désert dans une Renault 18 totalement déglinguée, presque à la fin de l'année 2008 ? Ils sont allés demander que leur fille trans trouve un meilleur boulot. Et en quoi consistait le travail de leur fille trans? Elle était prostituée, bien entendu. Elle était allée faire des études de communication sociale et de théâtre à Córdoba, mais elle avait fini par faire la pute. Ils l'ignoraient, mais durant l'hiver, cette année-là, deux clients avaient fait perdre connaissance à leur fille en l'asphyxiant et ils lui avaient volé ce que sa pauvreté lui avait permis de posséder : une vieille télé qui n'avait plus la couleur, un lecteur de DVD qu'on lui avait prêté, une petite chaîne hi-fi et le chargeur de son téléphone portable. Plus les quarante pesos qu'elle avait dans son sac. Ils l'avaient attachée à l'aide de ses propres vêtements alors qu'elle était évanouie puis, sous la menace d'un couteau Tramontina, les deux voleurs l'avaient baisée, sans violence, mais durant toute une nuit. Au petit matin, un copain à eux qui travaillait comme chauffeur de taxi était passé les chercher et elle était restée attachée et humiliée dans la chambre de la pension où elle vivait.

Don Sosa et La Grace n'avaient même pas idée des cocktails grâce auxquels leur fille faisait venir le sommeil et l'indolence, pas plus que de l'éternelle aridité qui caractérisait ses jours, ses jours dans le désert. On dit quelque part que les mères sont au courant de tout. Mais La Grace n'était pas préparée pour savoir quoi que ce soit. Dans son cœur de femme au foyer, il y avait tout juste de la place pour soupçonner que sa fille n'allait pas bien, qu'elle traînait peut-être dans des trucs louches, mais elle ne voulait pas prononcer le mot prostitution et se refusait à aller plus loin. Le cœur de Don Sosa n'était pas autant dans le déni. C'est pour cela qu'il était tellement fâché avec sa fille.

La Grace raconte que le jour où ils se sont rendus au sanctuaire de la Difunta Correa, elle s'est mise à pleurer dès qu'elle a vu le premier pénitent monter la côte à genoux, les yeux baignés de larmes. Elle a imaginé les promesses qu'il avait faites, pour une maison, pour qu'une opération réussisse, pour un travail dont il rêvait, pour le retour d'un grand amour, et elle a été émue. Avec Don Sosa ils avaient pleuré ensemble, car l'impuissance les avait conduits en plein milieu du désert pour demander à une sainte d'effectuer le travail qu'ils n'avaient pas pu faire.

Après le repas, Don Sosa et La Grace sont montés sur la colline jusqu'à l'autel où se trouve une image de la Difunta Correa entourée de robes de mariée que les pénitents laissent en guise de rétribution pour le miracle accompli. Ils avaient avec eux des bouteilles en plastique remplies d'eau et une petite médaille que leur fille trans avait gagnée au lycée. Qu'elle trouve un bon travail, Petite Difunta Correa, qu'elle abandonne ce qu'elle fait de mal en ce moment et que sa vie change.

Dehors, le zonda s'est enroulé sur lui-même, puis il est parti pour courir sur les mêmes déserts qui avaient desséché Deolinda durant sa fuite, avant d'arriver jusqu'à la ville de Córdoba.

Trois mois plus tard, la fille trans de Don Sosa et La Grace, à savoir moi – dans l'écriture il est inutile de cacher une première personne, autrement les textes commencent à devenir malades au bout de trois ou quatre paragraphes –, je jouais la première de la pièce *Carnes Tolendas*. Car en plus d'aimer faire la pute, j'aimais le théâtre.

María, qui était une de mes meilleures amies, m'avait proposé de participer à son mémoire de fin d'études pour valider son diplôme en théâtre. Elle devait monter une pièce et lui donner un cadre théorique. Nous avons demandé à Paco Giménez de nous conseiller, il avait été notre professeur en troisième année à l'École de théâtre de l'Université, et nous avons commencé à monter ce sortilège qu'a été *Carnes Tolendas*. Nous avons donné au spectacle un sous-titre ironique : *Portrait scénique d'une trans*. Mais notre ironie n'a pas été comprise. Dans la pièce je racontais comment mes parents et les gens de mon village avaient pris ma décision de commencer à me travestir. Sur une suggestion de Paco Giménez, nous avons fait se rencontrer ce profil biographique avec certains personnages des œuvres de Federico García Lorca.

Nous avons mis presque un an et demi à monter ce monstre. Parfois, María passait à la pension pour m'emmener aux répétitions et moi j'étais une vraie épave, j'avais passé une sale nuit, j'avais les yeux encroûtés de mascara et des traces de la salive des autres sur tout le corps, j'étais morte de faim. Nous achetions un truc pour manger au théâtre et, dès que je reprenais des forces, nous mêlions des scènes de mon adolescence à des textes de García Lorca.

– Une trans connaît la solitude, comme doña Rosita la célibataire. Une trans connaît l'autoritarisme et manque de liberté, comme dans *La Maison de Bernarda Alba*. Et n'existe-t-il pas des trans qui rêvent d'être mères, comme Yerma ? Et ne vivent-elles pas des passions désespérées, comme les amants de *Noces de sang* ? Il y a aussi des trans qui ont été fusillées ou assassinées comme Federico García Lorca, disait Paco, et nous nous creusions les méninges pour bien faire, pour faire une pièce de théâtre réussie.

Une fois, durant une répétition, il m'a dit :

– Je sais comment est ton âme. Ton âme est ténue.

Carnes Tolendas durait environ cinquante minutes et s'achevait par un nu frontal où je me retrouvais face au public qui n'arrivait pas à croire qu'il se trouvait devant une trans faisant une chose pareille. María a eu son diplôme de théâtre avec les meilleures notes et plein d'éloges. La pièce nous avait coûté très peu d'argent. C'était moi qui avais confectionné les costumes, nous avions très peu d'accessoires sur scène, des moustaches, des fleurs en plastique et une couronne de mariée. Nous pensions donner huit représentations, durant deux mois. Une par week-end.

Lors de la première représentation, des amis sont venus, des parents, des camarades de la fac. Il devait y avoir une trentaine de personnes. Lors de la deuxième représentation, on a eu une cinquantaine de spectateurs. Pour la troisième, ils étaient quatre-vingts, et pour la quatrième, il y a des gens qui ont dû repartir chez eux car il n'y avait plus d'endroit où s'asseoir.

La première de *Carnes Tolendas* a eu lieu le premier samedi du mois de mars de l'année 2009. Soit trois mois après la promesse de mes parents à la Difunta Correa. Les critiques ne pouvaient pas être plus élogieuses. On m'interviewait à la télé et dans les journaux. L'œuvre se faisait connaître par le bouche-à-oreille et des gens qui n'étaient jamais allés au théâtre sont venus voir de quoi il s'agissait. Le public se massait devant la porte du théâtre où nous jouions. J'ai commencé à me dire qu'en étant comédienne je pourrais m'en sortir, que j'en avais assez de ma vie d'errance et que j'avais reçu de clairs avertissements quant au fait que je manquais d'intelligence pour survivre comme prostituée. Le temps était peut-être venu de saisir cette opportunité. Avec ce que j'ai gagné au théâtre, j'ai payé les arriérés de loyer dans la pension où je vivais et j'ai acheté ce que les fils de pute de l'année précédente m'avaient volé. Je n'ai jamais imaginé que La Grace et Don Sosa avaient fait une promesse à la Difunta Correa pour moi. Mais visiblement, ça a marché, car comme Mamma Roma, j'ai dit "Addio, bambole", et j'ai quitté la prostitution en roulant du cul pour vivre de la billetterie et non de la poche d'un client..

Était-ce ce dont j'avais besoin ? S'agissait-il d'un miracle de la Difunta ? Était-ce mieux d'être comédienne que pute ? Je l'ignore. Je pense que je n'avais pas de talent pour faire du fric avec mon cul. J'étais crédule, une fille de la campagne, j'ai eu du mal à travailler mon flair, je n'avais pas de nichons, j'étais ce qu'on appelle une pute minable. En plus j'étais mélancolique et je souffrais car j'étais jeune, de la chair à détresse. Maintenant, ce serait peut-être différent. Maintenant, je pourrais peut-être mieux faire. Mais dans ces années-là, quand le miracle a eu lieu, il n'y avait que du chagrin. Parfois, quand je veux être cruelle avec moi-même et avec Don Sosa et La Grace, je me dis que ç'aurait été bien de me passer un petit coup de fil. Mais eux, ils sont allés voir la Difunta Correa et le désastre qu'était ma vie est rentré dans l'ordre dans les loges et sur les scènes de théâtre, nous voyagions à travers le pays comme une compagnie du XXe siècle, apportant la nouveauté du théâtre méditerranéen dans des coins inattendus, comme Itá Ibaté ou la prison de Bouwer.

Peu de temps après, avec La Grace et Don Sosa, nous sommes allés remercier la Difunta pour ce changement de registre. Avant de monter dans la Renault 18 de mon père, nous nous sommes promis de nous traiter correctement durant le voyage. En tant que famille, nous avions beaucoup de mal à cohabiter dans des espaces fermés. Mais nous avons tenu notre promesse.

– Regarde ce désert, ma fille. Comment pouvait-elle ne pas mourir de soif, la pauvre Difunta, a dit La Grace, tandis qu'elle me tendait un maté.

– Et comme il fait froid la nuit, a ajouté Don Sosa.

Dans le sanctuaire, j'ai été émue par les pénitents comme ma mère l'avait été lors de sa première visite. Par cette manière qu'ils ont de payer avec leur corps les affaires de l'esprit. Finalement, tout est très mystique et très saint, mais c'est toujours la chair qui trinque. J'ai également été frappée par le fait que la statue de plâtre de la Difunta Correa était extrêmement sexy. En la voyant, je me suis dit que Coca Sarli l'aurait interprétée au cinéma de manière inoubliable.

– Qu'est-ce qu'elle est sexy, la Difunta! ai-je dit à l'oreille de La Grace. Nous avons piqué un fou rire et Don Sosa nous a fait sortir. Quand nous l'avons regardé, nous nous sommes rendu compte qu'il venait de pleurer.

La Grace a vu *Carnes Tolendas* à plusieurs reprises. Don Sosa une fois seulement, quatre ans après la première. Il a vu la pièce à Catamarca. Une de mes tournées a coïncidé avec un de leurs voyages au sanctuaire de la Difunta Correa, qu'ils faisaient désormais tous les ans. À la fin de la représentation, La Grace a débarqué dans la loge, très inquiète.

– Ton père a saigné du nez durant tout le spectacle. Il est allé aux toilettes pour enlever sa chemise car elle était couverte de sang. Je crois qu'il était très nerveux. – Sa voix s'est brisée. – Il est très fort, le spectacle, pour nous.

Elle l'a dit comme si elle s'excusait devant la compagnie.

De mon côté, je n'avais plus de voix. Ça ne m'était jamais arrivé. J'ignore si c'était la tournée qui m'avait fatiguée ou si c'était l'effet de ma nervosité du fait de jouer devant mon père, mais à peine avais-je commencé que j'ai dû demander un micro, car on ne m'entendait pas. Ce soir-là, les lutins de la scène ont dansé autour de nous de manière féroce, les dents plantées dans les rideaux.

Peu de temps après, timidement, tandis que je finissais de ranger mes affaires dans mes bagages, ce type méchant que j'avais eu pour père a débarqué. Portant toute sa honte sur ses épaules. Il avait saigné durant tout le spectacle, en silence, à encaisser les grandes baffes de Lorca. Personne ne s'était adressé à lui de cette façon sans s'en prendre une. Mais sa fille trans et prostituée, celle qui avait motivé sa promesse à la Difunta, était en train de lui raconter sa propre version du miracle.

Et qu'est devenu le fils de la Difunta Correa ? Il a été retrouvé par les trans du Parc Sarmiento.

Femme écran

Il y a des amoureuses qui ont de la chance. On les croise dans la rue et elles se promènent comme si de rien n'était au bras de beaux gosses qui font soupirer jusqu'aux lampadaires. On a envie de leur dire : quelle chance, ma reine. Après, il y a aussi les éternelles malheureuses qui tombent raides dingues d'hommes qui les maltraitent et qui souffrent en silence. Par amour. Ou par intérêt. Il y a des amoureuses qui aiment davantage qu'on ne les aime. Il y a également des amoureuses déréglées. Des amoureuses qui ne peuvent pas arrêter de baiser avec d'autres. Des amoureuses somnambules, des amoureuses qui le sont sans le vouloir, des amoureuses qui cassent des assiettes, des amoureuses qui disent oui à tout, des amoureuses qui oublient leurs amies. Et il y a un type d'amoureuse très étrange, extrêmement étrange comme peut l'être un crocodile albinos : c'est l'amoureuse de location. On sait peu de choses à ce sujet et on fait plein d'élucubrations.

La première fois, ça a été par hasard (je le raconte à présent car finalement, et après de nombreuses années, le premier de mes clients a pu faire son coming-out). Mon ami Marcio Cafferata devait se rendre au mariage de son frère et ses parents l'avaient taxé d'éternel célibataire car il n'avait jamais présenté de petite copine. Et ça, il y a trente ans, c'était un indice du fait que tu pouvais avoir un fils gay. Les parents ne supportaient pas l'idée d'avoir un pédé pour rejeton. Il valait mieux un fils mort à un fils pédé. Pour Marcio, cette persécution était étouffante parce qu'il y avait beaucoup de choses en jeu : la santé de sa mère, le prestige de son nom de famille, les cliniques de son grand-père et la réputation de la famille au sein de l'élite décatie de la fine fleur de Córdoba.

Il était encore adolescent quand son père est tombé sur une photo d'Antonio Banderas à poil dans son classeur d'histoire. Il l'a foutu dehors. Il a dû dormir chez des amis durant plusieurs mois jusqu'à ce que sa mère le retrouve et le supplie de rentrer à la maison avant que les gens ne se mettent à jaser. Elle l'a envoyé chez un psychologue pour une thérapie de réorientation sexuelle. Moi j'étais une de celles qui le poussaient à faire son coming-out, je lui disais que dans le placard où il était enfermé, l'air était trop humide, qu'il valait mieux voir la lumière, mais nous étions d'une autre génération, le monde était encore beau mais aussi très hostile. Le fait est que Marcio avait un mariage et son père l'avait menacé : il avait intérêt à être accompagné d'une femme, autrement il allait falloir qu'il se cherche un autre nom de famille.

Il avait la date du mariage, il avait essayé un smoking… Il avait cherché à séduire des femmes au bureau et dans les bars, en vain. Les fêtes nous obligent à faire de ces choses, n'est-ce pas ?

Le soir où il me l'a proposé, nous étions en train de faire la queue au théâtre La Cochera pour voir je ne sais plus quel spectacle, je crois qu'il s'agissait de *Baisers divins*, une pièce où à la fin il y avait plein de mariées vêtues de blanc qui pissaient sur scène pour de vrai. Marcio était tellement pâle qu'il éblouissait, c'était évident que ses nerfs étaient en train de ruiner sa manucure. Ça me minait de le voir dans cet état, mais je ne voyais pas comment l'aider.

Soudain, il a lâché :

– Tu veux bien être mon amoureuse d'un soir pour le mariage de mon frère ?

– Même si la comtesse Báthory me torturait, je voudrais pas. En plus tes parents me connaissent.

– Ils t'ont vue deux fois, c'est tout. Et ils étaient imbibés de whisky. Ils se souviennent pas de toi.

– Bien sûr qu'ils se souviennent de moi ! Tu dis de ces conneries…

– Allez, s'il te plaît. J'ai besoin d'une petite amie. Je te paye !

Il y a eu un silence, puis ce que disait tout le temps ma mère m'est revenu à l'esprit, que je n'avais du talent que pour salir les draps, alors je me suis dit : pourquoi ne pas le faire ? Pourquoi ne pas sortir un soir avec mon ami riche et prouver à ma mère que j'ai du talent pour mentir ?

– Il va falloir que tu t'habilles élégamment, hors de question que tu mettes une petite robe de folle.

– J'ai rien d'élégant.

– Demain on ira dans une boutique et tu t'achèteras une tenue comme il faut.

Il a aussitôt retrouvé ses couleurs. Son sourire était comme une ampoule allumée. Alors c'est à ça que ressemble la gratitude d'une personne, ai-je pensé. On aurait dit que je lui avais sauvé la vie. Tandis que nous attendions pour entrer dans la salle, nous nous sommes mis d'accord sur deux ou trois choses pour ne pas nous contredire durant le mariage. Il m'a demandé de dire la vérité sur moi et sur lui, il ne fallait rien inventer, sauf la manière dont nous nous étions mis ensemble et depuis combien de temps. Lorsque la pièce de théâtre a commencé, nous étions fin prêts pour embobiner sa famille.

Je crois n'avoir jamais assisté à une fête plus amusante et avec plus de mecs craquants, avec des culs comme des melons et des cous de rhinocéros. Il n'y a pas eu un être humain dans cette soirée que je n'ai pas séduit. J'ai fait du charme à tout le monde. Même à certaines femmes, même au père du jeune marié et au marié lui-même. Mon beau-père en carton-pâte n'a cessé de regarder mes nichons, comme si j'avais eu un aleph dans le décolleté.

– T'es magnifique ! m'a lancé le vieux, et il m'a serrée contre son ventre ferme d'ancien joueur de rugby.

– Ne joue pas les traînées. Arrête de faire la belle avec mon père, s'il te plaît, m'a chuchoté Marcio à l'oreille.

Au milieu de la fête nous avons glissé la moitié d'un acide dans notre bouche et deux heures plus tard nous dansions de manière tellement paisible qu'on aurait dit que nous faisions danser la galaxie entière. Faire semblant d'être son amoureuse a été la chose la plus simple au monde. Imaginez un peu : je me suis fait une permanente, on m'a maquillée, j'ai mis une jolie robe... Marcio, en plus, avait des yeux aussi bleus que le fond d'une piscine, le torse poilu et musclé, un cul capable de vous donner la foi et un swing, une manière d'être qui détendait n'importe quel élastique de caleçon ou de culotte.

Tout s'était si bien passé ce soir-là et sa famille m'appréciait tellement que Marcio a décidé de prolonger notre accord. Il fallait aussi faire taire les rumeurs au travail et auprès des amis de la famille.

– L'argent n'est pas un problème, a-t-il dit.

Je le faisais payer pour chacun de nos rendez-vous, en dollars. Et souvenez-vous que dans les années 1990, un dollar et un peso argentin valaient la même chose, mes amours. Pour les repas de famille, je lui faisais payer le double. En termes de famille, j'en avais assez avec la mienne, par conséquent j'augmentais toujours le tarif quand les rendez-vous incluaient des membres de la sienne. En général, nous organisions des sorties dans des lieux où nous supposions qu'il y aurait des connaissances de Marcio et alors il y avait toujours un moment pour glisser "Ah, je te présente ma petite amie" ; "C'est la fille avec laquelle je sors". Peu à peu, le bruit a couru que Marcio, si doux et maniéré, était en couple avec une femme en chair et en os. Et même si les détracteurs ne font jamais défaut, la rumeur de son hétérosexualité a pris parmi ses amis, les membres de sa famille et ses collègues. En peu de temps, ils avaient oublié leurs soupçons à propos de sa virilité. J'ai l'impression que le succès de l'affaire était en partie dû au fait que j'ai été une amoureuse de location en tout point charmante.

C'est comme ça que j'ai commencé mon petit business, grâce au désespoir d'un ami. Petite amie d'hommes gays qui avaient besoin d'une femme, parce que c'était une affaire de vie ou de mort au boulot ou pour calmer les parents, je ne sais pas. Il s'agissait d'offrir un service d'exception comme petite amie pour pédés qui, pour une raison ou une autre, devaient faire semblant d'être de vrais mecs. Je n'ai jamais entendu parler d'autres filles qui auraient fait la même chose que moi. J'aime me dire que le service que je proposais était pionnier et exclusif.

Jamais je n'ai couché avec aucun d'entre eux, quoique l'envie ne m'en manquait pas. Auprès de certains, il m'est arrivé de sentir des troupes de testostérone dansant à l'intérieur de moi avec leurs besoins urgents de pénétrations et d'orgasmes. Mais moi, toujours posée, toujours sympathique et ne perdant jamais le contrôle de moi-même, je ne cédais pas. Il était inutile de s'exciter ! Même s'ils me plaisaient et que je profitais de temps en temps des petits baisers que nous nous donnions en public par nécessité, ils ne m'auraient pas touchée d'eux-mêmes ne serait-ce qu'au bout d'une brindille. C'est bien pour ça que je leur faisais payer cette petite comédie en dollars. Et j'étais chère, j'offrais un service premium.

En dehors de ce business, j'avais abandonné mes études de lettres, sans doute à cause de ma relation avec le professeur – marié – de littérature latino-américaine II. La romance a eu raison de mon envie de poursuivre des études et également de son couple, le jour même de son quatrième anniversaire de mariage. Son épouse s'est ouvert les veines en apprenant l'adultère, geste qui m'a paru extrêmement exagéré, car le professeur ne valait pas qu'on souille toute sa maison de sang. J'ai dû quitter l'université, mais grâce à quelques contacts de mon père j'ai trouvé un travail comme pigiste dans le journal *El Centro*. Comme ça ne me prenait pas trop de temps, mon père, en plus, m'a embauchée comme secrétaire.

Je suis comme ça, le mouton iridescent de la famille.

Ma mère est architecte et mon père infectiologue. Ma mère a toujours voulu voyager de par le monde et ne s'attacher à rien, mais elle a fini par se marier avec l'être le plus sédentaire qui soit. J'ai toujours été le laideron parmi les trois rejetons du couple Montegroso. Les membres de notre famille et les amis de mes parents me donnaient des sobriquets blessants : Petit Singe, Chauvy pour chauve-souris, Cousin Machin, Bestiole et Frousse. Personne ne gardait ces petits noms pour soi. Ma grand-mère disait qu'elle avait deux petits-fils et une disgrâce. J'étais la tache de sauce tomate sur la robe de mariée, la mouche dans le lait, le cheveu sur la soupe.

Parfois, ma mère démarrait avec un alcool blanc à onze heures du matin, en robe de chambre, avec une Virginia Slims entre les dents. Son rituel devant le plan de travail de la cuisine : se servir un shot, l'avaler cul sec, s'appuyer sur le plan de travail, respirer profondément, se presser une orange, boire le jus, méditer quelques minutes en silence, puis recommencer, s'envoyer un autre shot de tequila, se presser une orange, boire le jus et méditer de nouveau, se retourner puis s'excuser devant moi, qui étais sûrement en train de manger ou de faire mes devoirs :

– Comme ça, je m'hydrate.

Puis la guerre commençait : tu es née par le siège, après ça mon vagin ressemblait à une casserole, tu es bonne à rien, t'as de vocation pour rien, comment peut-on survivre sans vocation, tu fais pas attention à toi, tu t'habilles comme une lesbienne, avec ces grands survêtements et ces cheveux-là, tu te crois cool ? Ça me rend pas heureuse d'être ta mère, quand viendra le jour où tu partiras de cette maison pour me laisser seule.

Quand j'ai commencé avec ce truc de louer mon corps, mes charmes, mes jolies boucles cuivrées, ma culture générale (assez inconsistante) et mon petit cul moulé à force de danser sur du Boney M. dans ma chambre, ma famille s'est moins sentie sur le pied de guerre. C'était, comme on dit, une affaire qui tournait. Les gens te voient occupée et ils te respectent.

J'ai dit à ma mère que je sortais avec Marcio Cafferata (un autre des avantages de notre marché) et elle n'en revenait pas. "Moi, je pensais qu'il était un peu bizarre, tiens donc, on a de belles surprises, parfois." Et elle s'est aussitôt vue en train de préparer le mariage et d'organiser des déjeuners, de dessiner les plans de ma future maison, se délectant à la perspective d'avoir des petits-enfants portant les noms de Montegroso et Cafferata, et tout ce qui va avec. Marcio se tordait de rire quand nous pensions à l'ampleur de notre escroquerie. Parfois, la pitié nous gagnait et nous disions d'une même voix : "Les pauvres." Puis nous nous souvenions quelles espèces de monstres ils étaient et de nouveau, comme si nous nous étions mis d'accord, nous disions à l'unisson : "Ils le méritent."

Mon frère me voyait arriver à la maison avec des robes neuves que j'achetais en masse à la Galerie Precedo et il prenait des airs de détective :

– T'es fourrée dans quoi, toi ?

– Ben, dans rien.

– D'où tu sors l'argent ? Tu prends le taxi même pour aller à la salle de sport qui est à trois cents mètres.

– Je gagne bien comme secrétaire. Je ne paye pas de loyer. Je ne paye pas d'impôts. Je ne paye pas la bouffe. Et je sors avec un garçon très riche.

À Noël, avec Marcio comme invité d'honneur, il m'a prise à part pour me parler en tête à tête et remplir correctement son rôle de frère aîné. Je ne voulais pas lui raconter. Pas encore.

– Je fais pas des trucs louches. Sois tranquille.

– Tu deales de la drogue.

– Mais non ! Je supporte pas les camés.

– Tu baises avec un député.

– Non.

– Un sénateur.

– Non.

– Un vieux millionnaire.

– Non. Je ne vais pas te le dire car je ne veux pas qu'on me pique l'idée. Mais tout est légal, ne t'inquiète pas.

Pauvre frérot, s'il avait su que régulièrement je baisais avec lui en rêve…

Comment aurais-je pu ne pas tomber amoureuse de Marcio deux ou trois mois après notre accord ? Je n'ai pas pu l'éviter. C'était la personne la plus proche que j'avais au monde, nous connaissions tellement bien nos manies et nos ruses. Nous savions ce qui nous amusait. Nous aimions et nous détestions presque les mêmes choses, nous pouvions passer des journées entières à regarder des films néoréalistes et à manger des pizzas, les limites entre nous s'estompaient. Mais je n'aurais jamais gâché un travail comme celui-là en raison d'un transport sentimental ou de l'envie de lui faire un reproche. J'ai embaumé le petit oiseau de l'amour, je l'ai mis dans une vitrine avec mes autres bibelots et je me suis amusée comme jamais je ne l'avais fait. Je n'ai pas été de celles qui laissent l'amour prendre le dessus avec tant de facilité. On l'a un peu trop… tripoté, je trouve. Comme l'a dit Pedro Lemebel : "L'amour est quelque chose de tellement ordinaire que même les flics tombent amoureux."

Et comme j'ai eu raison : au bout d'un an et deux mois, Marcio m'a dit qu'il n'avait plus besoin de mes services car tout le monde avait gobé l'histoire de notre relation. Et quoi de plus crédible qu'une histoire d'amour qui échoue ? Nous nous sommes mis d'accord pour jouer une scène mémorable dans son restaurant préféré afin de consolider la légende. Nous avons choisi un soir où il y avait aussi ses cousins, qui étaient banquiers, neurologues éminents ou bien encore hôteliers. Les desserts n'étaient pas encore arrivés quand j'ai commencé à hausser la voix et à répondre en aboyant aux bêtises que me disait Marcio pour entrer davantage dans mon personnage. J'ai joué pour lui la scène de sa vie, je me suis même offert le plaisir de casser des assiettes et de passer pour une folle :

– Tu m'as trompée avec cette chienne ! Je le savais, je le savais ! Tu m'as fait porter des cornes devant tout le monde !

Marcio avait du mal à réprimer un fou rire en me voyant comme ça, complètement hors de moi. Je lui ai balancé un verre de soda en plein visage et je suis sortie du restaurant en criant :

– Qu'est-ce que vous regardez, putain, vous n'avez jamais vu une cocue faire une scène !

Le scandale, c'était mon idée. Il me semblait que, en plus de corroborer son hétérosexualité, il fallait lancer la rumeur que c'était un don Juan.

Marcio a parlé avec quelques amis qui connaissaient le même problème que lui. Il leur a dit que je lui avais sauvé la vie. Mon nom a commencé à circuler au sein de cette élite de pédés cachés dans des sarcophages, non pas des placards mais de vrais sarcophages, sous pression en raison d'héritages qui s'élevaient à plusieurs millions, de noms de famille immaculés et d'apparences dont dépendait bien plus que la vie. Marcio m'invitait à des soirées où se trouvaient mes clients potentiels, nous allions aux préambules de ce qui allait très probablement finir en orgie romaine et dont j'aurais tant aimé faire partie, même si c'était seulement en tant que plante verte et qu'on ne me touchait pas.

Peu de temps après notre rupture, Marcio m'a appelée.

– Tu te souviens de mon ami Lao Lavorere ? Son père est le directeur de la clinique Hamilton, tu vois ? Bon, eh bien sa grand-mère débarque de Belgique, c'est une vieille milliardaire, il faut à tout prix qu'il lui présente une petite amie.

– Pourquoi à tout prix ?

– Des histoires de gens riches. Sans doute une affaire de testament. Bon, tu te souviens de Lao, oui ou non ?

– Je me souviens pas de ton ami, mais peu importe.

– Il a besoin de toi, rien que pour un week-end. Il te paierait bien plus que moi, et toi, tu me paierais une soirée en boîte pour qu'on aille danser en guise de commission. Pour le contact.

– Il me paierait combien de plus ?

– Ce que tu demanderas.

– Dis-lui que je veux mille dollars et une bague en or blanc avec une turquoise, ai-je dit pour donner un prix.

– Avec une turquoise… ne sois pas si vulgaire.

– Tu lui dis ça.

Trois jours plus tard, j'avais la bague, les mille dollars sur mon compte et un rendez-vous préalable avec Lao afin de faire connaissance au mieux. Nous avons inventé le décor de notre rencontre, comment la chose avait eu lieu, qui nous avait présentés, ce que nous avions fait lors de nos premiers rendez-vous, les films que nous avions vus ensemble, les endroits que nous avions visités, les repas que nous aimions, nous avions même convenu jusqu'où nous pouvions nous toucher et nous embrasser. À la maison, je me suis mise à réviser jusqu'à connaître par cœur tout ce que Lao m'avait raconté. Pour rendre le tout plus crédible, je lui ai dit que nous devions nous prendre en photo.

Nous devions nous rendre dans une estancia près de San Javier. Les parents de Lao organisaient un dîner auquel devaient assister des sénateurs, des gens de la bonne société, des journalistes, les chefs d'entreprise les plus puissants du moment. Il devait aussi y avoir le célèbre homme politique de La Rioja… je ne peux pas dire son nom, même s'il est bien mort à présent… C'est que je suis superstitieuse.

J'aimais bien Lao, ça n'a pas été difficile d'être avec lui, de circuler, de sourire. Ça n'a pas été un sacrifice de l'embrasser devant ses parents et sa grand-mère, Marie, la Belge à qui on faisait honneur.

Après cette soirée-là, Lao a visiblement parlé de moi, les offres ont commencé à se bousculer. J'étais surprise par le grand nombre de pédés qui étaient tapis dans l'ombre. Ils étaient comme d'immenses containers de choses réprimées, de grands bacs qui compressaient l'authenticité, et en même temps ils étaient gentils. Acculés pas les épines de l'apparence, ils étaient encore capables d'être aimables et intelligents.

Je m'offrais le luxe de choisir. J'avais recours à mon réseau de commères homos et je me renseignais pour savoir s'ils étaient amusants ou non, agréables ou non. Mon réseau d'informations gay et secret m'a rarement induite en erreur, mais je parlerai de ça plus tard. Une fois que je recevais le virement pour un mois de travail payé d'avance, je commençais à étudier mes clients en détail et à inventer le type de petite amie qui pouvait leur correspondre. J'étais chaque fois une amoureuse différente. Même si je donnais toujours mon vrai nom et que ma vie restait la même, avec mes deux parents tarés et mon boulot de pigiste au journal, chaque petite copine que j'ai composée a été unique. Avec le temps, j'ai compris que je ne pouvais pas consacrer plus de six mois de ma vie à chaque relation amoureuse, comme je l'avais fait avec Marcio. Autrement je m'ennuyais, je commençais à être distrait, à me tromper dans les conversations et à les détester en secret. Ils avaient beau me payer grassement, sentir bon et être amusants, au bout de six mois, leurs demandes m'ennuyaient, comme la vie qu'ils menaient et les urgences pour lesquelles ils avaient besoin de moi. Bien sûr que c'était fatigant. Je devais analyser la liste de leurs connaissances, des membres de leur famille, des invités lorsqu'il s'agissait d'aller à une fête, pour ne pas me répéter, pour ne pas commettre d'erreurs, pour qu'on n'aille pas raconter que j'étais avec plusieurs mecs à la fois.

Quelle sorte de profession peut-on dire que j'avais ? Étais-je comédienne ? Une geisha occidentale ? Une prostituée intouchable ? Et est-ce que tout était rose ? Non. J'ai eu affaire à quelques pédés néfastes qui m'ont poussée à consulter une sorcière afin de me libérer des mauvaises ondes après avoir travaillé pour eux. Écoutez. Moi, je respecte le placard. Pour un grand nombre de mes amis, le placard a été le seul endroit au monde où ils se sont sentis en sécurité. Pourtant, je dirais que le placard ne réussit pas à certains pédés. Ils moisissent.

Heureusement il n'y a qu'avec ma première pédale, la plus fourbe, que ça a duré longtemps. Avec les autres, ça a été plus expéditif. Dès les premières simagrées de pédale raffinée et malheureuse, je les envoyais bouler.

Avec le premier ça a été plus difficile car je persistais à être professionnelle. À ne pas laisser son venin et ses rancunes affecter les efforts que je faisais en tant qu'amoureuse de location. Pour autant, on ne pouvait pas rester près d'une personne pareille. Son cynisme avait la forme d'une scie et il était ravagé par l'envie. C'était un mythomane qui est allé jusqu'à dire que je l'avais volé, comme s'il était possible de voler quelque chose dans cette énorme demeure raffinée et rance dans laquelle il se love, en bon serpent qu'il est. Il répandait des calomnies sur des gens dont il se disait l'ami. Alors, au bout de cinq mois de contrat, j'ai jeté l'éponge. Je lui ai dit que je ne supportais plus les ballets au théâtre San Martín, pas plus que l'opéra et tout ce qui n'était pas de ce siècle, que son haleine puait la charcuterie avariée et que je n'allais plus travailler avec lui, quelle que soit la somme pour le faire, parce qu'il était insupportable. Après quoi, il a fait courir le bruit que j'étais une voleuse.

Le plus drôle qui me soit arrivé au temps où je travaillais, c'était qu'on ait recours à mes services pour jouer une maîtresse ; non pas une amoureuse officielle, mais la maîtresse d'une pédale qui était mariée depuis vingt ans avec une femme qui lui rendait la vie bien amère, alors il voulait qu'elle le découvre avec une autre pour voir si elle finissait par le quitter. On ne m'avait pas dit, au moment de me recruter, qu'il s'agissait d'endosser le rôle de la maîtresse. J'ai commencé à camper la petite amie de trente ans d'un homme qui en avait cinquante sans imaginer que j'avais été bernée.

Nous avons commencé à nous voir, à nous fixer des rendez-vous dans des cafés et parfois à aller dans des hôtels du centre, alors que j'ignorais qu'on nous photographiait. Quelqu'un que sa femme avait envoyé pour nous suivre. Nous n'avons même pas tenu un mois. Un soir nous étions en train de dîner dans un restaurant arabe dans la Colline de las Rosas lorsqu'une force venue de je ne sais où, complètement inattendue, m'a traînée par les cheveux dans tout l'établissement. Les odalisques faisaient des bonds autour de moi tandis que la femme du type me donnait la raclée de ma vie. Rien que d'y repenser, ça me fait mal à l'estomac. À un moment elle en a eu assez de me donner des coups de pied avec la pointe d'un stiletto Ricky Sarkany. Le type qui m'avait recrutée n'a pas bougé de sa chaise. Il avait encore plus peur que moi. Ce sont les odalisques de l'établissement qui nous ont séparés. La demi-cocue a été arrêtée et j'ai dû faire une déclaration au commissariat. J'ai eu plein de bleus, de griffures, de morsures et d'égratignures. Mon petit ami de location a dit qu'il me paierait un dédommagement, qu'il fallait que je lui pardonne, il n'imaginait pas que sa femme était capable d'une chose pareille, mais si la supercherie finissait par avoir l'effet escompté, il me serait reconnaissant toute sa vie.

En rentrant à la maison tout estropiée après avoir fait ma déposition au commissariat, j'ai dit à mes parents qu'on avait voulu me voler, mais que je n'avais pas envie de parler car j'avais mal à la tête. Je me suis enfermée dans ma chambre dans le noir complet, je sortais pour manger quand les autres allaient se coucher, mais au bout d'une semaine, j'ai fini par partir. J'avais suffisamment d'argent pour fuir cet enfer.

Comme sa femme a finalement demandé le divorce, le client qui m'avait caché la situation m'a versé une somme supplémentaire pour les coups reçus, un paiement extra très généreux qui m'a servi pour acheter l'appartement dans lequel je suis en train d'écrire. Deux mois après la raclée que j'ai reçue, je suis tombée sur lui en train de se bécoter avec un Allemand, un étudiant qui faisait un échange universitaire, profitant enfin de l'homosexualité assumée.

Grâce à ce métier d'amoureuse de location j'ai connu la mer, j'ai senti de près le parfum des gros bourges, j'ai appris des secrets qui auraient pu détruire des familles entières, j'ai assisté à un concert de Björk à Cambridge, j'ai nagé dans des cénotes dans les Caraïbes mexicaines et j'ai fêté le nouvel an sur une plage, à Ibiza, à quelques mètres seulement des abdominaux de Brad Pitt. J'ai passé des nuits mémorables avec des types vraiment magnifiques qui étaient entre mes mains, des types qui me regardaient avec une affection certaine, même si notre relation était exclusivement professionnelle. Au bout du compte, les relations de cette espèce sont les plus belles. Danser, rire, passer des heures dans un bar à attendre qu'une connaissance débarque, boire et embrasser ces bouches-là. Des bouches comme des abricots tout juste cueillis. Ayant fait fortune en tant que courtisane très particulière au sein de la *high society*, je me suis consacrée à décevoir mes parents encore et encore pour maintenir vivants les liens qui nous unissaient, tels des serpents très fins.

Le business d'amoureuse de location, amoureuse louée, hologramme d'amoureuse, amoureuse à l'heure, prostituée insatisfaite, femme écran, a pris fin. Je suis tombée en désuétude. Quand les choses sont devenues plus simples pour les pédés, je suis tombée en désuétude. Les amourettes de location ont été de plus en plus espacées et un jour j'ai disparu.

De temps en temps, j'observe le rituel de la tequila suivie d'une orange pressée que pratique ma mère tandis qu'elle pense à aller savoir quoi. L'envie me vient de lui raconter ce que j'ai fait durant toutes ces années où elle pensait que j'étais désœuvrée.

Parfois j'ai envie de débouler dans le cabinet de mon père et de lui raconter pour chaque faux petit ami que j'ai eu durant ces années, ces gars que je leur ai toujours présentés comme s'ils étaient appelés à être les futurs pères de mes enfants. Mais c'est un secret qui me remplit de nostalgie et ce ne serait pas bien de le partager avec lui. On ne sait jamais quelles horreurs peuvent faire les parents avec notre nostalgie.

La nuit ne laissera pas le jour se lever

Une bonne recette de sushi requiert l'emploi d'un riz spécial, en vente dans n'importe quel supermarché, aux grains courts, blancs, doux, avec une haute teneur en amidon, afin de donner une consistance extrêmement collante à la bouchée exquise. C'est du riz d'une variété japonaise qui correspond aux arborio et carnaroli italiens, le même qui sert à faire les risottos. Une fois cuit, le grain est brillant et a une texture agréable, ferme et savoureuse. Mais sincèrement, pour les trans pauvres, n'importe quel riz fait l'affaire, n'importe quel vinaigre, voire n'importe quel fromage, même si en Chine on ne mélange pas le riz et le fromage.

"On vient me chercher", Claudia Rodríguez

Chaque fois que mes finances me le permettent, je fais des scones et j'invite mes amis pour le goûter. Je suis une trans à la peau mate avec un petit côté dame anglaise. Je fais toujours la même recette que ma mère, une recette de sa mère qui, à son tour, l'avait héritée de sa grand-mère. Elle les vendait dans son village. Les gens se les arrachaient.

– Le plus important quand on fait des scones, c'est de ne pas pétrir la pâte et d'avoir les mains bien froides, disait-elle.

Inviter mes amis pour boire un thé avec des scones, c'est mon petit luxe, le luxe des trans pauvres, dirait Claudia Rodríguez, "pour les trans pauvres, n'importe quel riz fait l'affaire…" Les miens sont comme ceux de ma mère, non seulement parce qu'il s'agit de la même recette, mais parce que, mine de rien, elle m'a transmis tous les secrets pour faire un bon scone, tandis que je l'aidais en cuisine. C'est l'héritage que je te lègue de mon vivant, disait-elle. Alors je suis en train de faire des scones parce que j'ai quelques pesos en poche et que j'ai voulu me faire plaisir. Parfois j'ai un peu de bol. Il y a des nuits comme ça, où je descends de la voiture d'un client pour monter aussitôt dans une autre, alors peu à peu mon sac se remplit de billets qui me permettent de me faire quelques cadeaux à moi-même, si je ne me les fais pas voler par un autre client. J'achète un bon thé dans le magasin Las Mil Grullas, de la confiture de fruits rouges, et j'envoie mon trans-signal dans le ciel pour que mes amis viennent à mon *afternoon tea*. Ils aiment mes scones, c'est du moins ce qu'ils disent, en tout cas, ils ne refusent jamais.

Mais les nuits chanceuses ne sont pas légion et elles sont bien espacées parmi des milliers de nuits tristes, qui se répètent les unes après les autres, où les gains suffisent à peine pour se payer un quart de pain noir. Ce sont des périodes dans l'année où être prostituée pèse comme un manteau de pierres.

Je suis là, au balcon de la rue Mendoza, telle une Juliette trans, telle une Evita Perón faisant des discours pour la foule absente, sur ce balcon qui, s'il pouvait parler, mon Dieu, on est en plein mois de juillet, j'ai des bas noirs, des bottes rouges et une doudoune qui me couvre à peine le cul. Il fait très froid. C'est une nuit idéale pour raccrocher les gants, mais je résiste, car endurer devient une habitude. Ce n'est pas une intelligence particulière qui me le dicte.

Cette nuit, aucune âme innocente ne s'est arrêtée, il y a très peu de passants dans cette rue aux lumières jaunes. Un peu plus tôt, dans l'immeuble d'en face qui me cache le soleil quand il fait jour, il y a eu une fête. À présent, à trois heures du matin, la rue est morte.

Je vois qu'à deux cents mètres une voiture approche. Quelque chose qui ressemble à l'espoir grimpe sur mes jambes. Toute voiture au loin est un client potentiel. Pourvu que ce soit un client, pourvu que ce soit un client. On dirait une voiture neuve et elle vient par ici. Encore faut-il qu'elle n'emprunte pas la rue 9 de Julio, qu'elle continue jusqu'à l'endroit où je me trouve, le petit balcon du rez-de-chaussée, ma vitrine d'Amsterdam. La voiture avance et n'emprunte pas la rue 9 de Julio, on dirait d'ailleurs qu'elle ralentit. Vas-y, doucement. C'est une voiture neuve, brillante, une Peugeot 307. À l'intérieur, il y a quatre gars balèzes qui doivent avoir vingt-cinq ans, le genre de beaux mecs qu'on a plaisir à arnaquer. Ils s'arrêtent devant mon balcon.

Un des gars sort la tête par l'une des vitres.

– Tu nous ferais pas un cadeau ?

– Je fais pas de cadeaux.

– C'est que mon ami part en Italie et on veut qu'il emporte un beau souvenir.

– Mais les cadeaux se payent. – Je me retourne et leur montre mon beau cul de montagnarde.

– Combien ?

Je donne mon prix en estimant la couleur de sa peau, la marque de ses vêtements. Il me répond :

– Même pas si tu en avais une en or.

Moi, je hausse les épaules et je regarde ailleurs. Je les ignore. Un homme à vélo passe derrière leur voiture. Il me regarde, je le regarde. L'homme soutient mon regard bien que les autres soient là. Je me suis déjà occupée de lui, il quitte son travail à la station-service qui est à l'angle des rues Colón et Neuquén, à quelque six cents mètres de chez moi.

– Tu nous laisses tomber aussi facilement ? dit un des gars à l'intérieur de la voiture.

L'homme descend du vélo et continue à pied, très lentement. Ceux qui sont dans la voiture semblent jaloux. Ils discutent entre eux et finalement il y en a un qui dit :

– Bon, on arrête de t'embêter. – Ils démarrent. On entend des rires à l'intérieur de la voiture.

J'espère que le gars au vélo reviendra, c'est un bon client, en plus. Mais il ne vient pas me chercher.

Quinze minutes plus tard, ceux qui veulent un cadeau reviennent. Ils se lamentent, se plaignent de ne pas avoir d'argent, même si je vois bien qu'ils en ont, ça se remarque à leur voiture, leurs vêtements, le ton qu'ils prennent pour me parler, leur peau, leurs montres.

– On va t'emmener dans un quartier privé, me dit le conducteur, presque en criant. Ça devrait suffire.

Me suffire pour quoi, je me demande, comme si je pouvais payer mon loyer en disant que je suis allée dans un quartier privé. Finalement, à force d'aller et venir, en marchandant comme devant un étal, nous parvenons à un accord qui me semble assez juste. À une heure pareille, il faut prendre ce qui se présente, ne pas faire la fine bouche, même s'il ne s'agit que de dix pesos. Quand tu as échoué comme prostituée, saisis quand même l'occase, il n'y en aura pas d'autre. En plus, ces gars bien nourris sont tout mignons. Si ça se passait dans une boîte et si j'étais en civil, à tous les coups je coucherais avec les quatre en même temps pour rien du tout.

Avant de sortir, je mets quelques gouttes de parfum et prends dans mon sac un peu de fond de teint au cas où l'agitation sexuelle m'abîmerait la façade. Je m'installe à l'avant, sur les jambes dures comme des troncs de celui qui m'a dit, “même pas si tu en avais une en or”. Il dirige immédiatement son paquet vers le trou noir qu'il y a entre mes fesses et il se frotte.

– Fais gaffe, tu pourrais te faire piquer par ses moustaches, dit un des gars assis à l'arrière.

– Eh, soyez gentils avec ma meuf, dit celui qui conduit.

Je regrette déjà d'être montée. Ils écoutent du cuarteto à plein tube. Il fait chaud dans la voiture car ils ont mis le chauffage. Je sens ma transpiration couler sur mes tempes, j'ai le dos trempé et je ne sais plus où est la marchande de chair capable d'aller au charbon avec des gens pareils. Où est-elle quand j'en ai besoin ? Je la cherche à l'intérieur de moi, mais je ne la trouve pas. Il n'y a là qu'une trans qui a besoin d'amasser de l'argent pour payer ne serait-ce qu'une partie de ses arriérés de loyer et la fille chaude qui va baiser ces fils à papa dans un quartier privé.

À l'arrière, un des gars enlève son tee-shirt et montre ses abdominaux qui ressemblent à des pavés.

– Regarde ce que tu vas bouffer. Tu aimes ? On est des joueurs de rugby.

– De quel club ?

– Lui dis pas, interrompt celui qui conduit.

Moi, juchée sur le colosse qui me plante sa bite bien dure dans le cul telle une menace, je n'arrive pas vraiment à admirer le corps de celui qui se montre. J'ai envie de vomir car tous les quatre sont très parfumés. C'est comme si j'enfonçais la tête dans un seau avec de la lessive parfum champs de coton. Je suis effrayée à l'idée que ces relents puissent rester collés à mon nez pour toujours.

Ils conduisent à vive allure, parlent sans arrêt, rient aux éclats, m'obligent à les tripoter là, dans la voiture. Ils exigent du mieux monté du groupe qu'il me démontre que son pantalon contient une merveille. Ils prétendent être amis de plein de célébrités, ils disent être intimes avec Flor de la V., la Pachi, María Laura, mais tout sonne faux. Ils klaxonnent pour faire peur aux passants. Ils frôlent les motards, insultent les éboueurs de l'avenue Caraffa. Ils conduisent en faisant des zigzags et en chantant cet air qui dit "Et ce sont mes mains qui t'ont écrit la lettre et ce sont mes doigts qui t'ont tendu le piège". J'avale ma salive en me demandant pourquoi je ne fais pas plus sérieusement mon travail, pourquoi je ne sors pas de manière plus régulière. Je m'en veux de ne pas savoir gagner de l'argent comme prostituée à force de faire des manières, parce que je préfère passer mon chemin si le client ne me plaît pas, parce que je préfère dormir si j'ai sommeil. Toutes ces simagrées pour aller bosser alors forcément, immanquablement, il y a un moment dans le mois où je suis vraiment dans la mouise, alors je dois avoir recours à des trucs comme ça. Être dans une bagnole avec des idiots pareils pour aller dans un endroit que je ne connais pas et faire allez savoir quoi.

Nous arrivons dans la maison du quartier privé à trois heures trente du matin. Je crois encore que je peux contrôler la situation, que tout est clair, par où nous sommes arrivés, par où sortir. J'ai de la force et je n'ai pas bu. Ces crétins de gosses de riches ne peuvent rien me faire. Les portes de la maison sont grand ouvertes et on entend de la musique électronique à plein volume. Il n'y a pas de voisins à proximité. Dans la maison il y a quatre autres mecs, vu la taille des types, ce sont également des joueurs de rugby. Le rêve de ceux qui ont le feu au cul dans la ville. Le rêve de mes amis pédés et aussi un peu mon rêve. Un *gang bang* avec des beaux gosses. Être la seule femelle au milieu de tous ces orangs-outangs qui portent des baskets Gola et des tee-shirts Key Biscayne.

Dans le salon, la sculpture d'une vieille moto brille sur une table basse en bois ancien et sombre. C'est une maison étrange. Des plafonds hauts, des portes énormes et lourdes, des murs en pierre. On me raconte pourquoi tout est si étrange : autrefois l'endroit a été une église. À présent, transformée en maison, toute sa sacralité, tous les esprits saints qui l'habitaient sont morts avec moi. Ma présence suffit à profaner toute bondieuserie qui aurait pu subsister dans les lieux. Eux, en revanche, essayent de la perpétuer. Ils parlent de la valeur de cette propriété, du bois des linteaux, de l'âge de l'arbre chagnard de l'entrée. Sur la table du salon il y a un petit chemin de drogues de toutes sortes, tout ce qu'on peut imaginer est là, devant moi. Quelques-uns se promènent en boxer car il fait très chaud là-dedans.

– La maison a un plancher chauffant, me dit celui qui conduisait la voiture dans laquelle nous sommes arrivés, et qui semble être le propriétaire.

On me propose de prendre ce que je veux sur la table.

– Je veux de la coke, lui dis-je.

Surtout ne pas perdre la tête.

– C'est de l'aile de mouche. Goûte-la, me dit l'apparent propriétaire des lieux.

Je la goûte, elle est douce, on dirait de l'eau.

Depuis que j'habite à Córdoba, je me trouve toujours à proximité d'églises et d'écoles religieuses. Maintenant je me drogue dans une église transformée en maison à côté de ces corps de rhinocéros couverts de cicatrices et de bleus, je prends de l'aile de mouche en attendant de faire mon petit numéro. Deux d'entre eux se plaignent : vous avez ramené un travelo au lieu d'une femme. En plus elle n'est pas opérée et son nez est affreux. "Regarde les petits nichons qu'elle a, non, merci mais non." Ce qui fait que le groupe dont je dois m'occuper se réduit à six garçons, anxieux et drogués, et qui essayent de me malmener. Ils m'emmènent dans une des chambres, celle des parents, les maîtres de maison.

– Je n'ai que de l'eau à t'offrir. Je ne pense pas que tu aimerais ce que nous buvons, ce sont des vins de mon père.

Je ne sais pas quoi répondre à ça, alors je hausse les épaules et le suis jusqu'à la chambre. Il me raconte que le lit, ou la chambre, je ne sais plus, pivote en direction du soleil.

Le premier tour, c'est avec trois en même temps. Deux gars qui n'étaient pas dans la voiture et celui qui s'est inquiété pour mes moustaches. Ils sont dans un tel état qu'ils tiennent à peine debout. Ils essayent de faire quelque chose avec leurs bites flagadas, ils ont beau être mignons, elles ne leur servent pas à grand-chose, tout n'est que caresses et léchouilles, très professionnelles, bien sûr. Je remarque que celui qui s'est inquiété de mes moustaches dans la voiture profite du méli-mélo des chairs pour caresser les fesses de pierre d'un de ses partenaires de quadrille. Je suis juchée sur l'un d'entre eux, à essayer de faire durcir une bite qui a la consistance d'un bout de patafix, et du coin de l'œil je vois comment le gars passe distraitement sa main sur ma bite, sur la bite de celui qui est en dessous et sur celle du type à côté de moi. À un moment il passe au-dessus de son ami avec l'excuse de m'embrasser mais il fait semblant de tomber sur celui qui est sous moi et il lui envoie un coup de langue dans le cou. On ne peut pas travailler comme ça.

– Eh, dis, tu veux me piquer mon taf? Dans le lit de ses parents? Il semblerait qu'il y ait deux actrices dans le lit et on m'a rien dit? – C'est comme ça qu'on démasque un profiteur.

Celui que j'ai sous moi se redresse et dit :

– Mais c'est vraiment dégueulasse, Tu m'as léché, enculé! – Et il s'essuie avec la main.

Je suis contente de l'avoir démasqué.

L'opportuniste ne dit rien, il fait semblant d'être complètement bourré. Il ment, je le sais, il n'était pas dans cet état quand je suis arrivée, il n'a pas eu le temps de picoler à ce point.

L'autre se lève, effrayé. Soudain son ivresse s'est complètement évanouie.

– On peut pas avec toi, tu fais toujours la même chose, putain, dit-il au tripoteur, et il sort tout nu dans le couloir.

Pendant ce temps, celui qui a reçu le coup de langue se lève également, il le secoue et le pousse de sorte qu'il tombe du lit.

– Dégage. Casse-toi, tu reviendras tout seul.

Celui qui a les mains baladeuses fait semblant d'être vexé, il a l'air de dire comment tu préfères croire ce travelo au lieu de moi. Il remet son boxer et sort en se tenant aux murs. Celui qui reste avec moi dans le lit finit par se rendre à l'échec de son érection. Ils seront condamnés à vie à l'échec de leurs érections, voilà ce que je pense avec malice. Que leur bite ne bande plus jamais. Je leur lance mon anathème et j'y mets toutes mes forces afin qu'il s'accomplisse.

En balbutiant, perdu dans l'ivresse, il m'accuse d'être moche, de ne pas l'exciter, de ne rien faire pour qu'il bande. Même les portes fermées, la musique électro étourdit.

Le propriétaire de la maison apporte un gode. Il écarte l'impuissant du lit à l'aide de ses jambes de taureau, lequel tombe et s'endort par terre. Celui-ci semble être un peu moins con que ceux d'avant. C'est un brun mignon, avec des taches de rousseur et des yeux verts. Il a des pupilles énormes. Je suppose que le gode appartient à sa mère car il l'a pris dans la salle de bains de la chambre. Il me demande de le pénétrer avec ça. Avec un pénis noir et brillant avec lequel sa mère se masturbe sans doute également. Je me multiplie, je n'ai plus de mains, mais des tentacules, mille bouches, je suis toutes les prostituées dans un même lit. Je le suce en même temps que je le pénètre avec le gode de sa maman et que je lui gratte les couilles comme si je grattais la tête d'un chiot. Je suis la pute-orchestre. Heureusement, il a une érection magistrale et tout devient un peu plus amusant. Je ne pense plus tellement à la manière de me débarrasser d'eux et de cette expérience dérangeante. Dehors, au milieu du poum, poum, poum de la musique, on entend des rires. Moi, comme d'habitude, je crois qu'ils sont en train de se moquer de moi.

Le deuxième tour, c'est avec celui qui m'a tenue sur ses genoux. Je fais enfin connaissance avec la bite qui m'a menacée durant tout le voyage. Ce n'est pas grand-chose, mais elle sent bon et elle est claire, bien dorée. Me vient à l'esprit l'image de la candide Erendira en train d'essorer les draps trempés par la transpiration de ses clients. Par la fenêtre, de l'extérieur, tous les autres regardent et filment. J'enlève le petit poisson doré que j'ai dans la bouche et je m'écarte :

– Il faut prévenir si vous filmez !

Celui qui est dans le lit reste imperturbable. De l'extérieur, le propriétaire de la maison me demande en criant combien je veux pour être filmée. Je demande presque le double et ils acceptent. De toute façon, quelle importance.

Quand l'affaire est terminée, le groupe de hyènes se désagrège. Je m'habille dans la chambre tournante et je me promets de ne plus prendre de risques pareils. Plus jamais. Quand je sors, les gars m'attendent, mais il n'y a pas qu'eux, il y a aussi trois ou quatre filles qui ont débarqué pendant que je posais comme une actrice porno du tiers-monde.

– Vous pouvez pas payer ce cageot, dit l'une d'elles en prenant la même coke aile de mouche que j'ai prise.

Le propriétaire de la maison me dit qu'il ne peut pas me ramener à la pension et que, vu que je ne me suis pas occupée de tout le monde, ils ne vont pas me payer ce qui était convenu. Ils ont moins d'argent qu'ils ne pensaient.

– Et tu dois laver la robe de ma sœur, cette idiote s'est vomie dessus. – Tous lâchent alors un petit rire de merde.

Je mets mes bottes comme je peux, en silence. Ils montent le volume de la musique et se mettent à sauter et à danser. Devant moi, l'un d'eux s'agite comme un orang-outang en poussant de cris, je suppose que c'est le cri des joueurs de rugby avant un match. Pendant ce temps, je tente de remonter la fermeture éclair de la botte qui est trop petite. Je me redresse très dignement et pars en silence par l'ancienne porte de la sainte église de merde, j'emporte avec moi une bouteille de vodka, et je me dis que c'est peut-être des gros bourges, mais cette vodka-là, on l'achète au supermarché. Je descends ces rues pleines de pierres et franchis l'entrée du quartier privé. Le gardien me salue de la main avec un sourire jaunâtre qui me fait l'effet d'un coup de chaleur. La nuit ne laissera pas encore le jour se lever.

Un livreur de pains me ramène jusqu'au centre-ville, je le rétribue en le suçant avec application, il sent le biscuit et les croissants tout juste sortis du four.

En arrivant à la pension, je dépose sur la table de chevet une montre qui a l'air très coûteuse et que j'ai trouvée à côté du lit, sous un des coussins brodés tombés au sol. Je l'avais mise dans ma culotte. Ça avait été comme d'y glisser un glaçon. Le matin, je me rends à la galerie Planeta et je vends la montre au prix que l'acheteur me propose. Je ne marchande même pas. Pour moi, cet argent est très bien. Je n'ai pas peur qu'ils reviennent à la pension pour réclamer la montre. En général, on ne se plaint jamais des vols que je fais et on ne porte jamais plainte. Je suppose que leur réputation vaut davantage.

Je fais les comptes de ce qui me reste après avoir payé quelques mois de loyer et j'arrive à la conclusion que ça a été une nuit de chance. J'achète tout ce dont j'ai besoin pour faire des scones et je recharge le crédit de mon portable. J'envoie un SMS à mes amis : cet après-midi, il y aura du thé et des scones à la maison.

L'autre secret pour que les scones soient légers et que la pâte lève bien, c'est de la laisser dans le frigo au moins une heure. Ça marche toujours. Laisser reposer la pâte dans le frigo et ne pas la pétrir, seulement bien mélanger.

Le foyer de la compassion

I

On est dans la pampa de la province de Córdoba. Vers le sud.

Tout est triste et plat. À savoir : l'horizon, les routes, l'odeur de mort des poisons avec lesquels on arrose les champs, le ciel, long et profond, qui attriste et qui n'arrive jamais à être vraiment bleu, la cruauté des camions roulant à toute allure. Aussi, il faut le dire, la proximité de la ville qui est à quelques kilomètres de là.

Mais ce que nous voyons à présent c'est la pampa et rien d'autre. Une station-service, le vent que rien ne retient, et quelques voitures à l'arrêt. Il y a ceux qui font le plein, il y a ceux qui en profitent pour manger quelque chose durant leur halte, ceux qui vont aux toilettes. Difficile de trouver des toilettes propres par ici.

Une petite voiture, une Ford Ka rouge, occupée par une petite famille – le père, la mère et une fillette –, ralentit.

– Je t'ai dit d'aller aux toilettes avant de partir. – La mère, furieuse, fait des reproches à la fille car à présent elle va devoir entrer dans les toilettes de cet endroit qui, comme on sait, sont sans doute immondes.

– Oui, tu me l'as déjà dit au moins soixante fois, maman. Me crier dessus n'arrange rien.

La mère est sortie en claquant la portière, elle se dirige vers la porte sur laquelle il y a un D, pour dame.

– Alors tu vas y aller toute seule, je t'attends ici, je vais fumer une cigarette.

La petite fille entre en courant et ouvre la porte d'un des compartiments où il y a tout juste la place pour une cuvette. Elle fait pipi, désespérée.

– Ne t'assieds pas sur les toilettes, ne touche pas la cuvette, s'il te plaît !

Elle est secouée d'un tremblement. Aïe, comme c'est bon ! Dans le compartiment d'à côté, quelqu'un tire la chasse d'eau. Heureusement qu'elle a retenu le pet qu'elle a failli lâcher. Si quelqu'un l'avait entendue ! Un parfum sucré émane de l'autre côté de la cloison carrelée.

Elle s'essuie à l'aide du papier toilette, d'avant en arrière, comme sa mère le lui a appris, et elle va aussitôt se laver les mains. Elle la voit, de dos. La femme a des bottes à talons hauts, une minijupe très courte, des jambes fines et musclées. Elle est très grande. Et tellement mince ! La fille aime son maquillage, on dirait qu'elle sort d'un film de science-fiction, on voit des petites paillettes de couleur partout. Quand la femme secoue ses cheveux à l'aide de ses mains, elle répand des paillettes.

– Tu veux te laver les mains ?

La petite fille acquiesce, timide et craintive. Sa taille ne lui permet pas d'atteindre le robinet. La voix de la femme résonne de manière métallique, nasale, c'est la voix typique des trans. Est-ce que… ? Peut-être est-elle… ? Aïe, je meurs si je me trouve devant une vraie trans. Je meurs, je meurs, je meurs, quand je raconterai ça aux filles à l'école. Et si maman entrait maintenant, je mourrais aussi. Elle a du rouge à lèvres sur les dents. Devrais-je la prévenir ? Et si elle le prenait mal ? Je lui dis ? Non, ne dis rien, elle va s'en rendre compte toute seule quand elle se regardera dans le miroir.

– Tu veux un peu de savon ?

La petite fille acquiesce de nouveau et se déplace en faisant un bol de ses mains jusqu'au distributeur de savon, qu'elle n'arrive pas non plus à actionner.

La trans a une grande main poilue, comme la patte d'un chien.

– Comment tu t'appelles ?

– Flor, répond-elle, sans interrompre son geste pour mettre une nouvelle couche de rouge à lèvres. Comme si elle n'en avait pas assez, comme si ce n'était pas suffisant. Elle frotte ses dents tachées avec ses doigts.

– Moi, c'est Magda.

– Tu as un joli prénom. Qu'est-ce que tu fais là ?

– On va à la veillée de ma grand-mère à Córdoba. On rentre demain soir. Ma mère est fâchée.

– Parce qu'elle va à Córdoba ?

– Non, elle ne voulait pas faire le trajet en voiture à cause des accidents.

La trans ferme le robinet, elle prend quelques mouchoirs en papier et les lui tend pour qu'elle s'essuie.

– Tu veux que je te dise mon nom complet ?

La petite fille acquiesce de nouveau.

– Je m'appelle Flor de Ceibo Argañaraz.

Et comme si elle voulait changer de sujet après une telle déclaration, elle ajoute :

– Tu as des yeux ravissants. J'adore la couleur de tes yeux. D'ici je peux reconnaître l'éclat que les miens avaient à ton âge.

Le temps vient de s'arrêter. On n'entend plus les camions ni l'effet Doppler des voitures. C'est comme si toute la pampa s'était évanouie.

– Tu sais d'où vient cet éclat ?

La petite fille fait non de la tête et la fixe avec des yeux qui semblent au bord de l'explosion.

– C'est la peur des adultes. Tu crois pas que c'est comme ça ? Que les adultes font peur ?

– Ouais.

– T'as pas peur des adultes ?

– Oui, parfois. Mais ils me font beaucoup de peine, aussi.

– De la peine ?

– Oui, ils font pitié. Avec mes amies, on dit toujours : pauvres parents.

“Espiègle, tu es une petite fille espiègle et intelligente.” Après avoir eu cette pensée, elle poursuit.

– Tu fais bien de craindre les adultes. Moi j'étais comme ça, comme toi. Mes yeux brillaient.

– Je peux te poser une question sans que tu te vexes ?

– Bien sûr, mon cœur, moi, rien ne me vexe.

– Tu es trans ?

– Oui, et l'une des plus authentiques que tu puisses trouver par ici. Cent pour cent trans.

– Si je raconte ça dans ma classe, on va pas me croire...

La mère de Magda frappe à la porte. Elle vient d'écraser sa cigarette au sol et elle s'est souvenue qu'elle avait une fille.

– Allez, Magda ! Qu'est-ce que tu fais là-dedans ? Dépêche-toi, ton père nous attend dans la voiture.

– Vas-y. Et souviens-toi, la fleur du ceibo, c'est la fleur nationale. Si un jour tu penses à moi.

Dès qu'elle sort, telle une tenaille, le bras de sa mère la transporte dans les airs jusqu'au siège arrière de la voiture.

– Magda, tu parlais à quelqu'un ?

– Non, je chantais. C'est quoi, une fleur nationale ? C'est comme une reine des fleurs ? C'est quoi, la fleur nationale de la République argentine ?

– Mais comment veux-tu que je le sache ? D'où tu sors ça ?

Le père a acheté des sodas et des chips dans le magasin de la station-service. Le vent pourrait pousser quelqu'un au suicide, tant il est persistant et mauvais. La petite fille installée dans le siège arrière est déjà en train de boire son Coca-Cola.

– Attache bien ta ceinture.

La mère avale ses chips et regarde la route qui s'étend sous ses yeux. Le père met le moteur en marche, mais quand il est sur le point d'avancer, un chien immense leur barre la route et les regarde fixement. Magda crie :

– Attention, papa, tu vas l'écraser !

– T'as vu, je te l'avais dit. Cette route est super dangereuse.

Le chien ne bouge pas jusqu'à ce que la petite fille sorte une chips par la fenêtre de la voiture. Il approche, il s'appuie sur la portière de la voiture et la mère pousse un cri de frayeur. L'animal prend délicatement la chips qui est dans la main de Magda.

– Allez, démarre, sinon ce chien va vouloir rentrer dans la voiture !

Le véhicule démarre et disparaît sur la route.

II

Maintenant nous voyons Flor de Ceibo sortir des toilettes. Elle marche en dessinant des zigzags. La petite fille n'a peut-être pas remarqué son ivresse ou peut-être l'a-t-elle ignorée. Mais voilà cette femme splendide avec sa minijupe de lurex argenté, une de ces jupes extrêmement courtes qu'elle est la seule à pouvoir porter, et avec des bottes défoncées au talon usé à l'arrière, et pourtant dignes et même élégantes. Sous sa petite veste en jean qu'elle-même a raccourcie et dont elle a enlevé les franges, elle porte un top qui couvre à peine ses petits seins aux hormones. “Les hommes ne voient pas ces choses-là. Ils ne savent pas les apprécier. Tu pourrais avoir un paon qui sort de ton cul et chanter en mandarin qu'ils le remarqueraient à peine. Tu t'habilles pour toi-même, c'est comme ça, c'est pour ça que tu es une trans”, c'est ce que lui a dit une vieille trans de La Piaf, la boîte gay qui a été son école et son paradis, il y a quelques années.

La nuit de Flor de Ceibo a été très longue. Elle s'est occupée de six clients. Le soleil tape sur son visage. Elle cherche dans son sac ses lunettes de soleil, mais elle ne les trouve pas. Il n'y a pas une ombre sur la pampa. "Tu dois changer de vie. Aller à Rosario. Là-bas, les mecs raffolent des trans, alors qu'ici, sur cette route, si tu te fais pas tuer par un gringo, tu te fais percuter par une bagnole", lui a dit la même trans qui lui avait parlé du paon dans le cul. "Là-bas, tu lèves les fesses en l'air et elles ne retombent jamais. Les mecs te baisent en plein vol. Suis mon conseil. Un week-end par mois. Tu reviendras après t'être fait baiser par des mecs qui sont comme des taureaux et en plus pleine aux as. Pour refiler tout ça au connard avec qui tu vis."

Flor de Ceibo pense au conseil de son amie. Dernièrement, les choses se sont beaucoup dégradées dans le secteur. Les clients ne veulent pas payer ce qu'on leur demande, elle doit travailler davantage pour amasser la même somme qu'elle arrivait à se faire avec deux ou trois types avant. Aussi, on a peur de voir débouler un animal sur la route et de finir transformé en un petit autel plein de bouteilles vides et de fleurs en plastique. Il est temps de chercher une autre destination, d'aller à Rosario, pour essayer. Flor est fatiguée de la routine de pute routière de la pampa.

Mais aujourd'hui sa routine lui a réservé un petit coup de volant. En plus de la rencontre avec la petite fille, aïe, mais comment s'appelait-elle, María, Marta, Mar… Magda, c'est ça, un nom biblique… aujourd'hui il va se passer quelque chose d'autre.

De l'autre côté de la route, en sens inverse, arrive un groupe de nonnes. Ce sont des religieuses de l'ordre des Sœurs de la Compassion. Elles sont enjouées, retenant leur habit qui se remplit d'air et s'envole quand les voitures passent à toute allure. Flor de Ceibo les regarde, fascinée par la lumière qui se réverbère sur les coiffes et par le rire des religieuses, ce que le vent fait sous leurs jupes rebelles les amuse follement. Elles ont des jambes très poilues, elle vient de le remarquer après un nouveau coup de vent ; bien sûr, les bonnes sœurs ne s'épilent pas. Elles la regardent également. Elles la bénissent, lui sourient. Une d'elles lève la main pour la saluer. La bonne sœur est jeune, peut-être a-t-elle dans les cinquante ans. Un sourire aussi long que l'horizon de la pampa, une dent derrière l'autre multipliées à l'infini. Flor de Ceibo sourit à peine, elle a honte de la prémolaire qui lui manque, il lui semble qu'une bave épaisse coule du sourire de la religieuse. La bonne sœur a-t-elle un nouveau dentier ? Elle ne fait pas confiance aux religieuses, pourquoi le nier. Mais à présent elle reste accrochée à ce sourire. Que peuvent-elles bien avoir sous leur habit, en plus de leurs jambes poilues ? Flor imagine des culottes immenses et des caleçons de fer interdits au public à l'aide d'un cadenas.

Elle se retourne à plusieurs reprises pour regarder les religieuses. Celle qui l'a saluée se retourne également. À présent, elles courent. “Je crois que je lui ai plu”, commente Flor de Ceibo à l'intention de l'autre Flor de Ceibo qui vit en elle, et qui est la personne avec laquelle elle discute depuis des années vu qu'elle n'a pas beaucoup d'occasions de pouvoir le faire avec d'autres de manière aussi sincère et délurée.

Elle emprunte la petite artère en terre battue qui longe le terrain de foot, elle fait une cinquantaine de mètres et là voilà à la maison. Elle ouvre la porte d'entrée, la tôle racle le sol. La maison se plaint. Mais la maison est jolie, les fleurs poussent dans les bacs qu'elle arrose elle-même tous les matins dès qu'elle revient du travail. Mufliers, bégonias, hibiscus, impatientes, pensées et géraniums. La grille est peinte dans un jaune très pâle et de l'extérieur on voit les rideaux de toile épaisse qu'elle a elle-même coupés et cousus. Un tissu avec des motifs d'automne, surfilés, avec un ourlet et des petites fronces. L'entrée est un petit chemin recouvert de béton avec un bord de pierres qu'elle a elle-même peintes de toutes les couleurs, celles qu'elle a trouvées dans des pots de peinture qu'on lui a offerts. La seule chose qui jure, c'est que sur le muret où se trouve le compteur d'électricité quelqu'un a écrit LE CHRIST ARIVE à l'aide d'une bombe noire. Elle devrait recouvrir l'inscription avec quelque chose de très coloré, mais en ce moment elle n'a pas l'argent pour se libérer de la prophétie apocalyptique.

Elle pose son sac sur la table. Elle enlève ses bottes et, d'un coup de pied, les balance dans un coin de la pièce. Elle sort de nouveau, saisit le tuyau qui est fixé au robinet de l'entrée et arrose ses plantes en chantonnant. Quand la terre prend une couleur café au lait, elle ferme le robinet et enroule le tuyau d'arrosage.

À présent, elle entre dans la chambre. Elle ouvre le rideau qu'elle a également cousu et la première chose qu'on voit, c'est un homme allongé. Son oncle est en train de regarder la télé, très à l'aise, super détendu, obnubilé par des dessins animés. Sur la table de nuit il y a une tasse de café et les draps sont recouverts de miettes de pain, elle en conclut qu'encore une fois il n'a pas respecté la demande qu'elle lui a faite de manger dans la cuisine. Elle enlève ses vêtements et s'allonge à côté de lui. Son oncle ne la regarde pas, c'est tout juste si sa respiration change légèrement. L'homme doit avoir dans les soixante ans, son torse est maigre et anguleux comme l'avant d'une barque.

– Putain. J'ai oublié de me démaquiller.

Elle se lève en soufflant et va directement dans la salle de bains pour mettre sur son visage de la crème hydratante. En revenant, elle a l'air incroyablement plus jeune. Impossible de savoir si elle a conscience que le maquillage la vieillit. Peut-être que personne ne le lui a dit, mais comme ça, le visage net, elle a l'air bien plus jeune. L'oncle semble enfin avoir remarqué sa présence. Il mouille un doigt avec sa salive et le lui passe sur les fesses. Elle s'agite comme si une mouche s'était posée sur elle.

– Arrête. Fais pas chier.

– Ah là là... qu'est-ce qu'il faut pas entendre, dit le vieux, puis il concentre de nouveau son attention sur les dessins animés.

La chaleur semble s'estomper parfois, alors la transpiration de l'oncle sèche sur sa peau et il a froid, c'est pour cela qu'il l'enlace de nouveau. Elle le repousse une nouvelle fois, agacée, et, nue comme un animal, telle qu'elle est, elle va dans la cour et s'installe sur une chaise longue, au soleil.

L'oncle, seul dans la chambre, remonte dans le temps. Il voit son neveu entrer par la porte de cette même maison. Un petit chevreau sans courage, perdu déjà pour le monde, avec des petits os, des cheveux raides, très noirs. On lui laisse l'enfant le jour même de la mort de sa sœur. Il ne parle presque pas. Tout juste dit-il oui, non et bon.

Ça a été facile. Il revenait de ses journées passées au volant du taxi qu'il avait à l'époque et il l'installait sur ses genoux pour regarder ensemble des dessins animés. Il sentait que le corps de son neveu était à sa disposition. Il a commencé à lui caresser les genoux, l'air de rien, comme dans un geste de distraction, jusqu'à ce que l'assaut de ses caresses détende les muscles de l'enfant, qui, un après-midi, s'est couché sur son torse. Son cou était tout près de sa bouche, et il a commencé à embrasser ses oreilles, comme s'il s'agissait d'un jeu. Il a constaté que son neveu en avait la chair de poule. Il l'a embrassé sur la bouche en fouillant avec sa langue comme s'il cherchait une source d'eau, jusqu'au moment où il l'a trouvée. À partir de ce jour-là, il l'a obligé à laver ses caleçons souillés de merde et l'a frappé chaque fois que la vie lui a paru injuste. Ça a été un long, long crime, perpétré avec patience.

Est-ce que cet enfant-là avait les yeux brillants, comme Flor de Ceibo l'a dit il y a un moment à la petite fille de la station-service ? Dans l'image qui tourne dans la mémoire de son oncle, ce n'est pas si clair, par conséquent il est impossible de le savoir. Mais il faut toujours croire quelqu'un comme elle, même quand elle ne dit pas la vérité.

Une fois, le neveu a mis sur ses ongles du vernis nacré et, du jour au lendemain, sa peau a senti la crème Hinds et le déodorant Impulse. L'oncle lui a proposé de dormir avec lui. Ses bras forgés par la campagne le serraient chaudement, alors la nuit le jeune adolescent n'a dormi que d'un œil jusqu'à ce que la peur le quitte. Puis il l'a laissé entrer en lui et l'homme s'est enfoncé jusqu'à toucher son nombril. Flor de Ceibo s'est attachée à son oncle et elle a vécu l'inceste comme s'il s'agissait d'une relation amoureuse, avec la jalousie, les querelles que cela suppose. Quand le fric a commencé à manquer, elle est allée dans la rue pour gagner sa vie, et c'était une bonne profession, au bout du compte. Elle est allée sur la route, là où elle avait vu d'autres trans, et elle s'est collée à elles. Au bout de la première journée, elle semblait déjà être du même sang qu'elles. Avoir de l'argent lui est devenu naturel, et elle s'est offert des plaisirs qu'elle n'avait pas avec son oncle, comme le café au lait avec des croissants le matin et chaque jour une bouteille de Coca-Cola sur la table. Elle a pris un bus et elle est allée en ville, elle s'est acheté des vêtements et immédiatement il y a eu plein de types qui ont insisté pour faire l'amour avec elle dans des hôtels bon marché mais pratiques. L'oncle est devenu fainéant et il a vendu son taxi, il a pris du ventre et ses dents sont tombées. Il a perdu ses muscles et ses cheveux clairs comme ceux d'un gringo mésopotamien sont devenus secs et jaunâtres. Flor n'a plus voulu le servir au lit, son haleine qui sentait la pauvreté l'asphyxiait alors elle a secrètement divorcé de lui. C'est à ce moment-là qu'elle a compris, car ses amies de la route le lui ont fait savoir, que son oncle l'avait utilisée durant des années. Elle l'a maudit dans sa langue à elle, intérieurement et dans une forme de martyre. Elle est restée avec lui, mais elle lui a fait payer la vilenie avec la rudesse de son mépris.

Flor de Ceibo dort allongée sur une chaise longue qu'elle déplace à mesure que le soleil évolue dans le ciel, elle est tellement fatiguée qu'elle ne se rend pas compte que, depuis le toit de la maison d'à côté, deux enfants l'espionnent. Quand le soleil disparaît de la cour, elle pénètre dans la maison et tombe sur son oncle en train de boire du maté tandis qu'il regarde le feuilleton de l'après-midi, le plus mal joué.

– Comme une bonne femme, qu'est-ce qu'il faut pas voir… murmure-t-elle en passant.

L'oncle demeure imperturbable, abruti devant l'écran. C'est déjà l'heure : elle prend un yaourt écrémé saveur vanille qu'elle boit directement dans son emballage, presque un demi-litre qu'elle avale sans respirer. Elle va sous la douche, se savonne, rase ses jambes, ses fesses et même l'intérieur pour devenir aussi lisse qu'une pierre tombale. Elle s'essuie. Elle se crème. L'oncle la voit floue à cause de la vapeur de la douche. Elle remet les vêtements minuscules avec lesquels nous l'avons vue le matin.

– Fais attention, il y a beaucoup de cons en liberté.

– Oui, je sais bien… Ici même, j'ai le champion des cons en liberté.

– Sérieusement ! Et maintenant, en plus, il y a ces chiens de merde qui se sont mis à traverser la route. Il y a de plus en plus d'accidents. Les voitures font des embardées pour éviter ces clebs. La route s'est remplie de petits autels.

– Quand j'aurai besoin d'un père, je m'en chercherai un qui n'aura pas envie de me baiser, vieux dégueulasse.

L'oncle se lève comme s'il allait la frapper et au début elle a peur, mais elle se ressaisit presque aussitôt et lui montre de nouveau son sourire vénéneux.

– Fais-le. – Elle le met en garde. – Fais-le et tu verras si tu arrives encore à dormir tranquille, parce que quand tu t'y attendras le moins je te brûlerai vif dans ton sommeil, toi et toute cette putain de baraque.

Quand sa nièce s'en va en le laissant triste et seul devant son feuilleton, avec sa virilité en miettes de ne pas avoir osé la frapper, il va chercher la serviette de bain avec laquelle elle s'est essuyée et il se masturbe avec rage, serrant sa queue jusqu'à ce qu'il éjacule dans ce bout de tissu un liquide gris, collant et malodorant.

III

Flor de Ceibo durant sa journée de travail.

Reine du trafic prudent. Les conducteurs craignent ces chiens qui ont pris l'habitude de couper la route aux voitures et de provoquer des accidents. Ils emmènent toujours une âme dans l'autre monde.

Des jambes et des mains fortes, capables d'étrangler un camionneur qui dépasse les bornes, le cas échéant. Elle commence ses soirées comme une comédienne dans une pièce de théâtre. Elle utilise son énergie à petite dose. Elle sait qu'il n'y a aucune raison de tout donner lors de la première altercation. Qu'on peut tenir toute la nuit sans avoir besoin d'être debout à côté des camions. Les nuits d'été sont faciles à vivre.

“Si tu es débrouillarde, ça ne te prend pas plus de sept minutes. Entre le moment où tu lui dis oui, beau gosse, et où tu lui tripotes le paquet, le mec est à point. Il faut maîtriser le temps. Un jour, tu n'en reviendras pas de pouvoir gagner du fric aussi rapidement." Ce sont des conseils que les trans lui ont donnés quand elle a commencé à travailler dans le secteur.

Voilà que deux gars l'appellent depuis une voiture avec des lumières bleues comme celles qu'on voit sur les voitures de police. Et elle, qui s'est déjà occupée d'un type en une demi-heure, qui s'est lavée comme elle a pu dans les toilettes de la station-service, arrive en ondulant au milieu de la nuit comme un serpent qui aurait des poils à la place des écailles.

Après l'échange rhétorique que veut le commerce, les trois amants partent en voiture et vont dans un hôtel de passe à quelques kilomètres de là. L'hôtel s'appelle Le Bisou Voyageur, et il est fréquenté assidûment par les trans du secteur et parfois par un couple occasionnel ayant pris la fuite jusqu'à cet endroit de la planète, là où a lieu cette histoire. Les garçons sont simples, ils ne disent pas grand-chose, ils ne sont pas curieux à son sujet ; ils parlent du temps qu'il fait, du dernier accident de la route, lorsqu'un animal que les spécialistes ne parviennent toujours pas à identifier, une sorte de chien avec de longues pattes, a coupé la route à une voiture.

Flor de Ceibo s'ennuie, elle pense à autre chose, à la bonne sœur qui l'a saluée le matin même, lorsqu'elle rentrait chez elle. Les hommes n'arrêtent pas de parler et elle reste accrochée au souvenir des religieuses aux jambes poilues et de la bonne sœur éclairée par la lumière du matin qui lui a souri avec tant de douceur en bavant.

Ses yeux se remplissent de larmes qu'elle ne pourrait pas expliquer à ses clients s'ils lui posaient la question, alors à l'aide d'un ongle durci par de successives couches de vernis, elle attrape une larme qu'elle projette hors de la voiture. À l'endroit où la larme tombe, la terre brûle, la végétation se consume.

Ils arrivent à l'hôtel, se mettent d'accord au sujet des sous, puis ils se déshabillent, jouent, vont et viennent d'un corps à l'autre. La lumière des flèches de néon qui indiquent aux conducteurs l'entrée du temple du sexe s'immisce par les interstices que les rideaux ne parviennent pas à couvrir. Depuis son lit de reine, avec un pied court mais large, elle caresse leurs corps de gringos élevés au lait frais et au pain artisanal, tandis qu'ils serrent ses petits nichons de chienne et qu'ils lui disent petite pute, jolie petite pute. Flor de Ceibo trouve que le plus jeune des deux est attirant. Il est grand, large et massif. En plus, il est sympathique. Ce type de mecs un peu balourds qu'on a envie d'emmener dans une cabane à la montagne pour les obliger à se promener tout nus tandis qu'ils travaillent la terre ; ils donnent envie de leur dire je t'aime et de leur mordre ces tétons de pêche qu'ils ont. Hétéros et magnifiques.

L'autre lui met par surprise sa bite dans la bouche et il l'agrippe par la nuque pour lui enfoncer son sexe jusqu'à lui donner la nausée, elle a l'impression de baiser avec une machine à laver. Avec un chiffonnier.

– Tout va bien ? lui demande-t-il.

– Oui, tout va bien. T'aimes pas comme je fais ?

Flor de Ceibo fait l'innocente, comme si elle ne pensait pas ce qu'elle pense. La question du client la ramène au joug professionnel. Elle a pêché deux gringos de la pampa en plein milieu de la route et à présent elle doit répondre en professionnelle.

– Ben, fais-le et je te dirai.

Flor de Ceibo fait ce qu'elle a à faire, mais elle est déconcentrée. Pourquoi pense-t-elle aux religieuses qu'elle a croisées le matin ?

La chose se prolonge, ça lui prend beaucoup de temps de les faire jouir. Cette affaire pourrait durer des heures et des heures. Par chance, le prix a été convenu selon le temps que leur réserve l'hôtel, quoi qu'il en soit, il faudra qu'ils payent, ou surveiller un peu plus l'horloge.

Elle a quelques théories assez bien vérifiées dans le domaine de l'accélération de l'orgasme. Une femme comme elle profite de ses atouts. Par exemple, leur parler comme si elle était une petite fille, ça les fait jouir plus vite. Faire le bébé, comme on dit maintenant. Elle se met à geindre et à faire la moue, et l'orgasme arrive. Ça fonctionne avec beaucoup de gars, de sorte qu'elle a perfectionné la technique du bébé, ça les rend dingues. Si la lenteur est excessive, un doigt dans le cul favorise les choses. Aucun client avec des difficultés pour éjaculer n'a résisté à son doigt. On le fait danser un peu, et voilà. "Voyons, vérifions si la théorie est toujours valable", pense-t-elle, alors elle mouille son majeur et fouille dans les fesses du gars qui lui plaît le moins, pour qu'il jouisse rapidement et pouvoir ainsi s'occuper de celui qui lui plaît bien. Ce n'est pas une mauvaise technique, mais, soit parce que son ongle est trop long, soit parce qu'elle n'a pas enduit son doigt avec suffisamment de salive, au moment où, s'efforçant de réussir sa pipe, elle fouille à l'aide de son doigt dans le cul du gars, il lui fiche un coup de poing sur la tête, un peu au-dessus de la tempe, et elle s'écroule, déconcertée et indignée.

– Eh, le frappe pas, lui dit l'autre. Je veux pas d'embrouilles avec ce travelo.

– Ce sale pédé a voulu me mettre un doigt dans le cul.

– Mais le frappe pas, on va avoir des problèmes.

Flor de Ceibo se met debout, encore un peu sonnée. Elle essaye de s'accrocher à quelque chose, mais elle ne trouve pas à quoi, alors elle retombe. Finalement, elle parvient à se redresser, tous les trois sont silencieux, chacun réfléchit à la manière de se tirer de là. C'est un de ces moments où l'air est à couper au couteau, elle pense que c'est ainsi qu'elle le racontera à ses amies quand tout ça sera fini. Les clients ont peur car ils voient Flor de Ceibo se balancer. Dans la chambre, on n'entend pas une mouche voler. Elle stabilise peu à peu son corps et un clin d'œil elle saute sur celui qui l'a frappée et lui mord l'épaule jusqu'à ce que ses dents y soient enfoncées profondément. Les deux types costauds n'arrivent pas à la détacher de sa chair.

Quand elle le lâche, elle voit que ses clients sont effrayés. Elle sait qu'elle doit les intimider pour qu'ils fassent ce qui lui passera par la tête.

– Donne-moi ton fric, le sien aussi, les téléphones portables et la montre, dit-elle. Elle glisse la main dans son sac et en sort un cran d'arrêt brillant comme un glaçon, elle l'agrippe fermement pour qu'on ne doute pas de sa dangerosité.

– Laisse-moi récupérer mes papiers, la supplie un des clients.

– Je vais te rendre ton portefeuille.

Elle s'habille rapidement, sans baisser la garde. Elle est mouillée par la salive des deux gars, ses sous-vêtements lui collent à la peau à cause de l'humidité. Et comme ça, comme s'il ne s'était rien passé, elle quitte la scène, pleine de grâce, sous le regard éberlué des clients qui lui étaient dévolus.

– Vous restez quinze minutes ici avant de sortir. Il y a des caméras dans la chambre. Dans l'hôtel, on me connaît. Si vous me faites quelque chose, les gens de l'hôtel vont me défendre.

– Je vais bien te recroiser, la menace celui qu'elle a mordu.

En traversant l'entrée de l'hôtel, elle tombe sur une des femmes de ménage qui fume une cigarette.

– Qu'est-ce que t'as fait, Flor ? lui demande-t-elle en la voyant passer.

– Moi, j'ai rien fait.

Elle prend un mouchoir en papier et essuie le sang sur ses lèvres et ses dents, qui ne sont plus très présentables après toutes ces morsures qu'elle a infligées.

Quand elle commet ce genre de vols, elle sent que l'adrénaline la fait décoller plus encore que la marihuana, bien mieux que l'ecstasy et l'alcool. Elle pourrait se sentir coupable, mais c'est une trans. Elle travaille sur la route, la culpabilité, ce n'est pas pour un animal comme elle. Ce qui l'attend, c'est de s'allonger de nouveau au soleil, se parer de crème Hinds et de déodorant Impulse, et faire souffrir son oncle de désir. Pour elle, il s'agit de rendre coup pour coup, de manière franche, honnête, pour répondre à tous ceux qui l'agressent. C'est facile de s'arranger avec la police. Il n'y a pas un seul flic qui n'ait envie de chair trans. Parmi ses armes, il y a les envoûtements, les poupées où l'on plante des aiguilles, les maisons qu'on maudit. Les trans ont raison d'arroser de peur, avec leurs maléfices, les portes des maisons de tous ceux qui les maltraitent. Elles font circuler la petite bête de la crainte d'une bouche à l'autre, comme on le fait d'un baiser. Flor de Ceibo est protégée par la tranchée qu'elle a aussi contribué à creuser.

IV

Flor de Ceibo marche en toute confiance sur le bord de la route. Lorsque les voitures klaxonnent, elle se retourne comme un mannequin sur un podium. Mais la voiture des garçons qu'elle vient de voler sort de la route et s'arrête sur la bande d'arrêt d'urgence, lui barrant le chemin. Flor de Ceibo court en direction des champs et pénètre dans les plantations de soja, elle court avec ses talons défoncés, elle entend les insultes dans son dos, elle comprend que la distance entre elle et les hommes vengeurs se réduit. Elle court encore et encore dans les champs telle une renarde sortie pour faire des bêtises, derrière elle il y a les hommes souillés, arnaqués et humiliés. À présent, c'est le maïs, le maïs haut et doré comme les rêves de Flor de Ceibo, qui la dérobe au regard de ses poursuivants qui arrivent derrière elle, prêts à la réduire en charpie pour leur avoir infligé ça à eux, deux bons gars qui n'ont rien fait de mal.

La lune est translucide et blanche, et les jambes de Flor de Ceibo, qui sont d'acier, commencent à flancher. Elle s'évanouit. Quand les garçons la voient tomber, ils s'approchent prudemment, ils la voient au sol, inconsciente, et ils décident de fouiller dans son sac pour récupérer leurs portables, l'argent, tout ce qu'elle pourrait avoir.

– On y va, il faudrait pas qu'on ait des problèmes, dit le gringo querelleur.

– Il faudrait qu'on prévienne quelqu'un, dit l'autre.

– Laisse-la, les vautours vont s'occuper d'elle.

V

Flor de Ceibo ouvre les yeux. Elle est dans une pièce fraîche, tellement fraîche qu'elle ne sent aucune chaleur, même sous les draps et les couvertures qui éblouissent par leur blancheur. Ils sentent bon. Le sol est recouvert de lattes de bois et le plafond, qui est assez bas, est traversé de poutres. La chambre embaume, les murs dégagent une odeur de chaux et de secrets de femme. Surplombant le lit, Flor de Ceibo remarque un grand chapelet en bois suspendu au-dessus de sa tête. Elle a mal à un œil, elle sent qu'il est gonflé, elle le touche et remarque qu'un pansement recouvre son sourcil, le pourtour de son œil est gonflé. Dans la blancheur de la housse de l'oreiller, il y a un petit archipel de taches de sang, mais elle ne le voit pas.

Tout juste se souvient-elle de quelques griffures durant sa course à l'aveuglette dans le champ de maïs. Elle a dû se cogner en tombant. Son ouïe revient peu à peu et elle entend quelque chose qui ressemble à un chien agité respirant sous son lit. Elle se penche comme elle peut pour jeter un œil, mais il n'y a rien. Elle perçoit toujours la respiration.

La porte s'ouvre. Une bonne sœur, de celles qu'elle a vues sur la route, entre presque sur la pointe des pieds.

– Tu es réveillée ?

– Je suis où ?

– Dans le couvent des Sœurs de la Compassion. Nous t'avons trouvée hier, à la limite de la cour. Nous n'avons voulu prévenir personne au cas où, jusqu'à ce que tu aies repris connaissance.

La bonne sœur sort et on l'entend crier dans le couloir :

– Sœur Rosa ! Elle s'est réveillée !

Elle perçoit des aboiements, cette fois très nettement. Puis les cris de joie des autres religieuses. La porte s'ouvre de nouveau et la sœur qui lui avait souri la veille au matin au bord de la route entre dans la pièce. Derrière, les pas d'autres religieuses. L'une d'elles est très jeune, brune, plus timide qu'un lièvre, elle s'appelle Úrsula. Une autre bonne sœur mince, vive comme un lézard, curieuse et franche, est celle qui la regarde le plus, elle se présente en l'embrassant spontanément sur la joue :

– Je suis Shakira.

Flor de Ceibo est un peu perdue, comme si elle marchait sur un matelas à eau. Est-ce que ces sœurs espiègles lui ont administré une drogue ?

– C'est mon vrai prénom. Je suis née quand Shakira était en plein boom. Ma mère l'aimait beaucoup. Elle avait quatorze ans quand elle m'a eue.

À côté de Rosa, Úrsula et Shakira, il y a une petite vieille que les autres appellent Mère. Entre elles, elles parlent en chuchotant. On ne comprend pas ce qu'elles disent, on dirait une autre langue.

À présent, sœur Rosa s'assoit au bord de son lit. Elle est tellement douce qu'il semble impossible d'avoir peur d'elle. Elle prend sa main qui a une égratignure et dont la chair est à vif, et elle commence à la lécher, elle passe sa langue dessus à plusieurs reprises.

Úrsula dit, comme si elle donnait une explication technique :

– La salive a beaucoup d'anticorps, ça va te faire du bien.

– Je suis sœur Rosa. Tu es dans le couvent des Sœurs de la Compassion. Nous sommes le 24 novembre 2019. Le médecin t'a déjà vue. Nous avions peur à cause du coup terrible que tu as reçu au niveau du sourcil. On t'a fait cinq points de suture. Nous savions qu'on ne pouvait pas appeler la police, au cas où. Il y a beaucoup de filles comme toi qui viennent ici. Nous avons eu des pensionnaires comme toi deux années de suite. Parfois avec l'espoir qu'elles prennent le voile, mais pour l'instant aucune ne l'a fait.

Après une longue pause, elle ajoute, en serrant sa main :

– Tu es chez toi.

Les autres religieuses lâchent un petit rire que sœur Rosa interrompt par un "Chut !".

– Mon oncle doit être inquiet, murmure Flor de Ceibo.

Flor de Ceibo perçoit quelques images floues, des religieuses qui l'alimentent, des spectres de bonnes sœurs qui font sa toilette, qui prient à côté d'elle, qui bavardent avec elle, des bonnes sœurs qui ont des ongles épais et sales comme si elles avaient gratté la terre. Sœur Rosa allongée par terre près de son lit en train de lécher sa main blessée. Vaincue par le sommeil, elle se rendort sans pouvoir demander davantage. Tout juste murmure-t-elle une deuxième fois qu'elles doivent prévenir son oncle.

Elle se réveille avec une forte envie d'aller aux toilettes. Elle essaye de se relever mais elle a très peu de forces. Elle remarque qu'à la place de ses jambes, elle n'a plus que les os, comme si elle n'avait jamais marché. Elle sent que quelque chose la gêne sous sa chemise de nuit. Elle se touche et comprend qu'on lui a mis des couches. "Mets-toi debout, pédale", lui dit la Flor de Ceibo qu'elle a à l'intérieur. "Mets-toi debout, pédale, vas-y." Elle parvient à se lever, mais ne tient qu'un instant. Elle retombe aussitôt.

– Petite, comment est-ce que tu t'es levée toute seule ? T'aurais dû m'appeler.

Comment aurait-elle pu le faire, elle arrive à peine à remuer la bouche. On dirait qu'elle a une langue bien plus grande que la sienne sous son palais. Une langue lourde et désobéissante. Sœur Úrsula la porte sur son dos jusqu'aux toilettes et lui enlève sa couche. Flor de Ceibo a honte que la bonne sœur voie sa bite mais Úrsula, ça lui est égal.

– Je veux faire caca, tu veux bien sortir ? dit Flor avec les dernières forces qui lui restent.

– Je ne peux pas te laisser seule aux toilettes, fais tranquillement ce que tu as à faire, je regarderai ailleurs.

Elle essaye, mais son ventre n'arrive pas à se relâcher.

– Je vais pas y arriver.

La bonne sœur prend un bout de papier toilette et lui essuie le sexe comme si elle nettoyait les commissures d'un bébé. Puis elle lui remet la couche et la conduit dans la chambre. La sensation d'ivresse se dissipe.

– J'ai un peu faim.

– C'est bon signe. Un malade qui mange ne meurt pas, disait mon grand-père. C'est une grande vérité. On va t'apporter ton petit-déjeuner.

– Il est quelle heure ?

– Dix heures treize du matin. Dans un instant, le soleil va pénétrer par la fenêtre. Regarde. – Elle ouvre le rideau pour qu'elle voie le spectacle du soleil déposant sa lumière sur toute chose, la lumière qui se déplace sur les lapachos de la cour, qui sont plus en fleur que jamais.

Peu de temps après, Flor de Ceibo se voit en train de prendre un café au lait excellent et très sucré avec des tranches de pain maison et du beurre, du miel, un bol de salade de fruits, un verre de jus d'orange, il y a une fleur de lapacho sur le plateau. Le petit pain est moelleux et léger, l'eau est douce, il y a aussi une tranche de jambon et un morceau de fromage à côté de son assiette.

– Comment m'avez-vous trouvée ? demande-t-elle.

– Grâce à la chienne. Nené. Notre chienne. Elle est venue chercher la mère supérieure, elle était agitée ; il était tôt, nous étions en train de prier le chapelet de l'aurore. Nous sommes sorties et avons vu Nené en train de te renifler, désespérée, alors nous t'avons prise dans les bras et ramenée jusqu'ici.

– J'étais poursuivie par des clients et j'ai trop couru. Je me suis pas rendu compte.

– Ils te poursuivaient pour te frapper.

– Oui. Je les ai volés, dans mon sac il y a leurs affaires.

– Ils ont dû les prendre, dans ton sac il n'y avait que ta carte d'identité et tes clés.

Sœur Úrsula lâche un petit rire qui met mal à l'aise Flor de Ceibo, elle n'aime pas la manière qu'elle a de le faire. Elle l'a déjà entendue rire. Ça lui rappelle les documentaires sur la savane africaine de la série *L'aventure de l'homme*. Les hyènes riant autour d'un animal mort.

Flor de Ceibo continue à déguster le café au lait qui est encore chaud.

– Tu peux dormir après le petit-déjeuner.

– Je crois que je peux marcher, dit Flor de Ceibo.

Elle se met debout. La bonne sœur est tout près de son visage. Elle a l'odeur d'un chiffon humide. La bonne sœur sourit bêtement, et ce faisant un filet de bave coule de sa bouche. Elle ne semble pas s'en rendre compte. Flor de Ceibo perd l'équilibre et se rassoit.

– J'ai la tête qui tourne, s'excuse-t-elle.

À l'occasion d'une deuxième tentative, se tenant à l'épaule de la bonne sœur, elle fera quelques pas. Ces premiers pas dans la chambre du couvent sont pour elle le début d'une nouvelle histoire, d'un changement dans sa souffrance. Bientôt les portes du couvent s'ouvrent sur ses pas et elle découvre peu à peu les murs de l'endroit où l'on s'est occupé d'elle.

Elle arrive dans une cuisine très lumineuse, avec de nombreux appareils électroménagers sur les étagères, un four à pizza, une cuisinière à bois à un bout de la pièce et une cuisinière à gaz à l'autre. Il y a un réfrigérateur avec deux portes et une longue table avec huit sièges de chaque côté. Puis une galerie, après avoir franchi la porte, des colonnes qui suffoquent sous le lierre et des petites fleurs qui semblent être vivantes grâce au battement d'ailes de leurs pétales jaunes. Et, au-delà de la galerie, une cour, avec des treilles, des abricotiers, des pêchers, des pommiers, des citronniers et des chiens qui jouent et des chats qui dorment sur les branches, et des oiseaux gris comme des graines et, derrière tout ça, le verger, avec sa végétation propre, plus sauvage que l'Amazonie, anarchique et bien portante à la fois, comme nulle part ailleurs.

Les pas de Flor de Ceibo deviennent de plus en plus assurés. Sœur Rosa est en train de sortir du verger des courgettes qui se mangent du regard, mais en la voyant passer elle lui sourit de nouveau, comme elle lui avait souri sur la route. Plus loin, sœur Shakira donne à manger aux poules, aux canards, aux dindons, qui se promènent joyeusement en maîtres des lieux.

– C'est ici que Nené t'a trouvée, dit sœur Rosa à Flor de Ceibo.

– C'est une religieuse? lui demande-t-elle, un peu sonnée par la marche et par ces visions oniriques qui ont surgi en chemin. Elle a cru voir la plus vieille des sœurs, la mère supérieure, en train de traire une chèvre qui chantait entre deux jets.

– Non, c'est notre chienne, répond sœur Shakira. Nené! Viens ici, Nené!

Aussitôt elle entend remuer entre les plantes un animal de bonne taille, la plainte d'une femelle qui semble s'étirer après une sieste matinale, ensuite les pas d'une bête lourde. Puis apparaît un museau entre les herbes basses, carré, fort et brun, enfin une patte qui a la taille de celle d'un cheval. Elle est grande et élégante, Flor de Ceibo prend peur lorsqu'elle la voit et tombe sur le dos dans l'herbe tendre. Nené approche, la renifle, et l'espace d'une seconde, Flor de Ceibo Argañaraz a l'impression de la voir sourire.

– Elle est gentille, n'aie pas peur, la rassure sœur Shakira.

Des cris proviennent de la galerie du couvent. Flor de Ceibo se redresse pour voir de quoi il s'agit et parvient à distinguer entre les plantes et les animaux deux religieuses qui s'agrippent par les cheveux au sol, deux bonnes sœurs qui se battent comme n'importe quelles voisines. Sous leurs habits, elles ne portent rien. On ne voit que des poils et une touffe de pubis sombre. La religieuse plus âgée les sépare, celle qu'on appelle Mère; elle les sépare à coups de bâton et leur hurle dessus.

Flor de Ceibo ne respire pas, ne cligne pas des yeux, elle ne remue même pas un doigt. Nené est tout près d'elle. Le museau féroce se trouve à quelques centimètres de son nez. La bonne sœur qui est légèrement vêtue lui dit que c'est une chienne, mais ce n'est pas une chienne. Il s'agit d'autre chose. Comme si elle lisait dans ses pensées, Nené recule et hurle en poussant un cri de sorcière. Elle éternue et s'en va courir derrière les poules de la cour en s'amusant beaucoup.

– Ah, mon Dieu, mais qu'est-ce que c'était que ça! dit Flor de Ceibo.

– Ils voulaient la tuer, nous l'avons attirée avec de la nourriture; elle avait un frère, mais un gringo l'a tué, ajoute la mère supérieure, qui revient après avoir séparé les deux sœurs qui se sont battues.

– Elle est pleine, tu as vu? continue la mère supérieure qui, malgré son âge, l'aide à se relever d'un seul geste. Elle a la force d'un titan. – Les gens ignorent ce qui leur convient et ils se sont mis à les détester car ils disent qu'ils sont sataniques. Mais moi je dis: comment voulez-vous qu'un animal satanique vive heureux dans un couvent? Parfois il faut surveiller qu'elle ne boive pas l'eau bénite de l'église.

– Elle aboyait entre mes jambes comme si elle voulait me prévenir de quelque chose, a ajouté sœur Rosa. Elle est intelligente. Nous avons besoin de mieux la comprendre, mais parfois, c'est presque comme si on parlait entre nous. Elle est restée à côté de ta porte toute la nuit. Quand il fait chaud, elle aime dormir à l'intérieur ou ici, dans les sous-bois.

– Tu es fatiguée? lui demande Shakira.

– Un peu, mais j'aimerais rester au soleil, dit Flor de Ceibo.

Bientôt il est midi, alors elles prennent pour le déjeuner des sandwichs au fromage de chèvre qu'elles font elles-mêmes, des tomates du jardin et des œufs au plat. Elles tartinent les petits pains maison avec de la purée d'avocats qui poussent également dans la cour du couvent. On voit bien que Dieu aime beaucoup ce couvent.

Tandis qu'elles dévorent ces délices avec de la limonade, on entend un accident sur la route, à quelque deux cents mètres de là. Les sœurs Úrsula et Shakira abandonnent leurs assiettes et partent en courant pour voir ce qui s'est passé.

– Nené, dit sœur Rosa, et elle bondit de son siège. S'il te plaît, finis ton déjeuner pendant qu'on va voir ce qui est arrivé.

Elle s'en va en criant, Nené, Nené, mais la chienne ou la chose en question ne répond pas à son appel.

– Nous ne sommes pas prêtes pour des contrariétés pareilles, dit la mère supérieure. C'est un animal magnifique, mais mal vu. Les gringos sont très superstitieux, tu dois bien le savoir. Ils les voient dans les champs et leur tirent dessus parce qu'ils ont peur. Une fois, il y a un vétérinaire qui est venu pour nous dire que ce n'étaient pas des animaux domestiques. Il m'a dit le nom de l'animal mais je l'ai oublié. Je vais te montrer, moi, que ce sont bien des animaux domestiques. – La mère supérieure se lève sans aucune difficulté et, d'un geste, elle invite Flor de Ceibo à se lever également, elle qui était tellement occupée par son sandwich. – Viens avec moi.

Elles empruntent un couloir frais et propre jusqu'à une porte qui ressemble à n'importe quelle autre porte. La mère supérieure l'ouvre et devant les yeux de Flor de Ceibo apparaît une cour qui n'est pas celle dans laquelle elle se trouvait le matin même. Cette cour est encore plus grande et il n'y a pas autant d'arbres que dans l'autre, mais des rosiers et d'énormes fleurs carnivores qui ne font qu'une bouchée des colibris. Sautant partout, évoluant joyeusement dans toute la cour, il y a des centaines de chiens comme Nené. Des centaines de chiens aux pattes de cheval. Ils se faufilent entre les jambes de Flor de Ceibo, menaçant son équilibre, mais la mère supérieure la retient avec sa force phénoménale.

– Si on ne les garde pas ici, ils vont disparaître, dit la mère supérieure entre des “aïe, aïe, aïe” et des rires, lorsqu'elle accueille ces bestioles. Allons, retournons finir le déjeuner. Je te les présenterai tous demain, si tu veux. Ils sont baptisés. Je l'ai fait moi-même dans le baptistère de la petite chapelle. Si le curé l'apprend, il me tue.

Elles retournent dans la salle à manger et finissent de déjeuner. Peu de temps après, les sœurs Úrsula, Shakira et Rosa reviennent, elles ont des têtes qui font peine à voir. Shakira n'arrête pas de tourner sur elle-même, comme si elle s'était déconnectée de sa propre raison.

– Encore une fois, Nené… elle a barré la route à une voiture et, pour l'éviter, ils sont rentrés dans un camion de livraison de beurre Sancor.

– Il y a eu des morts ? demande la mère supérieure avec indifférence.

– La famille de la voiture. Un couple avec une gamine.

Flor de Ceibo pense immédiatement à Magda, la petite fille que nous avons vue bavarder avec elle dans les toilettes de la station-service. Úrsula reprend son déjeuner là où elle l'avait laissé, pensive.

– On connaît le nom des gens qui sont morts ?

– Non. C'était une Ford Ka rouge. La voiture est bousillée.

– Et Nené ?

– On sait pas, elle est partie en courant de l'autre côté de la route. C'est ce qu'on nous a dit, ajoute Úrsula.

– Elle est vivante, autrement tous les autres seraient devenus fous, dit sœur Shakira.

Elles conduisent Flor de Ceibo dans sa chambre et la laissent se reposer durant tout l'après-midi. Le soir, on lui apporte le dîner : une soupe de légumes avec un demi-avocat à l'intérieur, arrosé de citron. Du thé vert froid. C'est sœur Rosa qui s'occupe d'elle.

– On peut pas te laisser partir.

– Comment ça, on peut pas ? Moi, je repars quand je veux, répond Flor de Ceibo, revigorée par le repas.

– Tu peux pas. Nené nous a demandé de te garder. Tu peux pas partir.

Flor de Ceibo pense qu'on la drogue avec la nourriture. Elle jette le plateau par terre puis elle repousse la religieuse au sourire maternel et la renverse contre un tabouret devant un bureau ancien en bois de pin. Quand elle ouvre la porte, les énormes chiens entrent, ils regardent sœur Rosa qui à présent se lève, entre rires et plaintes.

Flor de Ceibo veut s'en aller, mais les chiens grognent et leurs poils se hérissent sur leur dos. Elle se dit que ce n'est pas quelque chose qu'elle pourra résoudre ce soir. Le sourire de folle dangereuse de sœur Rosa est pour elle un signal étincelant, comme la flèche de néon de l'hôtel de ses péchés. Elle retourne dans son lit et se livre au sommeil tandis que la religieuse ramasse le plateau et les restes de nourriture.

VI

Elle demande toujours à parler à son oncle mais les religieuses répondent chaque fois de manière évasive et, sur le moment, leurs excuses arrivent à la convaincre. Et elle qui arrive tout juste à se déplacer comme une ivrogne entre son lit et les toilettes n'a pas la force d'insister. Elle se réveille en pleine nuit, avec l'intention de trouver un téléphone, elle l'a déjà entendu sonner, il ne doit pas être loin, mais lorsqu'il n'y a pas un tas de chiens postés devant sa porte ses vertiges sont tels qu'elle retourne dans son lit et dort inévitablement.

Un matin, elle parvient à atteindre la porte qui donne sur la cour où se trouvent les chiens et elle voit son oncle en train d'être déchiqueté par les bêtes. “Que ce soit l'effet de la drogue”, se dit Flor de Ceibo, tandis qu'elle s'approche de la scène de boucherie. “Que ce soit la drogue, que ce soit la drogue.” Mais c'est bien son oncle, le visage émacié, les yeux creusés, les cheveux et la barbe jaunis par la fumée de tabac. Les chiens se disputent avec des grognements les morceaux du corps. Une main l'agrippe par les cheveux et l'oblige à s'agenouiller. Quand elle regarde à contrejour, elle voit la mère supérieure, complètement nue. Tout son corps est couvert de poils.

– Je t'ai dit que ton oncle ne répondait pas au téléphone. Maintenant tu sais pourquoi. Il t'avait fait beaucoup de mal, Flor de Ceibo, il le méritait. Les chiens ne commettent jamais d'injustices.

VII

Les nuits de lune descendante, les sœurs font sortir Flor de Ceibo toute nue, dans la seconde cour, l'énorme cour que dominent les chiens. Elles la couchent sur une pierre en pleine nuit et, avec le sang de la mère supérieure, dessinent une croix renversée sur son front. Peu importe la température qu'il fait. Elles appellent Nené, qui vient au trot. Les chiens sont couchés, ils hurlent tandis que les bonnes sœurs organisent la cérémonie. Elles chantent en chœur des psaumes chrétiens :

Dieu est ici, aussi vrai que l'air que je respire,
aussi vrai que le matin qui se lève,
aussi vrai que moi, je te parle et que toi,
tu parviens à m'entendre.

Nené grimpe sur la pierre, elle se place au-dessus du corps de Flor de Ceibo, et elle la lèche, d'un bout à l'autre, avec sa langue sablonneuse. Ça chatouille terriblement Flor de Ceibo, en général elle est étourdie par un vin doux que les bonnes sœurs font elles-mêmes. Lors de chaque rituel, elles l'enivrent comme si le matin n'existait pas. Elle y participe encore et encore, contente, sans résignation aucune. Elles la traitent comme une reine, comme une star de cinéma. Là, sous la nuit et sur la pierre du sacrifice, Nené la couvre de baisers, par-devant, par-derrière, sa langue gratte chaque parcelle de son corps. Les religieuses jouent du tambourin et chantent. Elle rit aux éclats à la lune descendante et se laisse faire. Puis, entre les alléluia-alléluia et l'odeur de la chienne, elle voit Nené se dresser et devenir lentement elle-même. Devenir Flor de Ceibo. Les mêmes cheveux, la même peau, les mêmes yeux. La mère supérieure lui tend les vêtements qu'elle portait lorsqu'elles l'ont trouvée dans le champ de maïs et elle aide amoureusement la nouvelle Flor de Ceibo à s'habiller.

Lors de chaque lune descendante, Flor de Ceibo Argañaraz se voit elle-même aller dans la seconde cour, au milieu des chants des religieuses. Elle se dirige directement jusqu'à la route. Elle voudrait prévenir les clients que ce n'est pas elle, que c'est une chienne avec des pattes de cheval qui provoque des accidents sur la route par pur plaisir. Mais elle n'a pas de forces pour poursuivre Nené, celle qui usurpe son apparence. À un moment elle s'échappera, quand elle découvrira quel genre d'ordre est la Compassion et comment on sort de là. Mais elle a du mal à prendre son élan car la nourriture est très bonne et que les draps sentent toujours bon.

Cotita de la Encarnación

Quand on a commencé à nous torturer, nous avons donné plus de cent noms. Nous n'avons pas voulu envoyer qui que ce soit au bûcher, mais les coups et la peur ont eu raison de notre volonté et nous sommes devenues des délatrices. Chaque délation provoquait plus de ressentiment. À la fin, nous serrions tellement les dents, obligées que nous étions à parler, que j'ai commencé à mâcher les éclats de mes propres molaires. Parmi ces noms qui étaient plus de cent, ils ont rayé les uns après les autres les noms des Espagnols. Eux, ils étaient intouchables. Ils leur ont pardonné, et ils ont gardé une cinquantaine de prisonniers entassés. Moi, j'étais tout au fond et je les voyais à travers mes yeux gonflés à force de coups de poing et de larmes. Nous avons peut-être été un peu plus de cinquante sodomites à être enfermés dans cette cave durant un mois et neuf jours, le temps qu'a duré notre procès. Nous étions tous des sodomites de l'Est, des Indiens, des mulâtres et des Noirs éparpillés sur le sol comme les vestiges d'une guerre. Eux, les étrangers, sur notre propre terre, ils leur ont pardonné et pas à nous. Nous avons dit et redit que les Espagnols absous venaient vers l'orient sous l'emprise de notre chant, qu'ils traversaient jusqu'à San Pablo en oubliant la Couronne, les pierres de l'église et les recommandations des livres anciens. Mais ça n'a pas compté.

Parmi les cinquante et quelques détenus, seuls dix-neuf ont survécu, dont moi. Les autres sont morts durant les interrogatoires, dans ce même sous-sol où on nous retenait tous, où nous nous éteignions les uns après les autres à cause de la faim et de la soif, où nous nagions dans notre propre merde liquide et dans notre urine ensanglantée à cause de tout ce qu'on nous avait cassé à l'intérieur. Même au Mexique où tout abonde, où tout pousse et persiste. Quand nous étions encore cinquante, ils ont lâché les chiens qui ont rempli leur ventre avec la chair de ceux qui étaient près de la grille. Après les avoir privés de nourriture pendant plusieurs jours, ils les ont conduits jusqu'au fossé où nous étions confinées. Ils ont ouvert les grilles et défait leurs chaînes. Alors les chiens se sont jetés sur les sodomites qui avaient été arrêtés en dernier, juste après nous. Le sang guide le sang, telle une boussole. Il suffit d'en verser une goutte pour donner naissance à un fleuve.

Les quatre premières, nous qui avons donné les noms, nous étions tout au fond. Nous sommes les premières à avoir été arrêtées. On nous a trouvées dans la nuit du 27 septembre en train de dormir les unes sur les autres, mortes de trouille, dans une maison dont nous avons cru qu'elle nous cacherait mieux. On nous en a tirées en nous traînant par les cheveux. Moi, je suppliais pour qu'on tire d'un autre côté, s'il vous plaît, car j'étais en train de devenir chauve, mais ils ne m'ont pas écoutée. Ils nous ont jetées là-dessous après nous avoir fouettées comme des bêtes. Nous étions tout au fond de la catacombe, couvertes par l'ombre de notre propre honte.

Juanito Correa, La Estanpa, est arrivé le lendemain de notre arrestation, c'est la première qu'ils sont allés chercher. Il est arrivé couvert de sang et le visage déformé par les coups. Il lui manquait un bout de langue qu'il s'était mordue lors d'une convulsion due aux coups de bâton reçus sur la tête. Et à l'aide du morceau de langue qui lui restait, il m'a juré que toute la maudite ville de Mexico allait tomber, que cette affaire de jouir en cachette allait prendre fin. Avec ce même morceau de langue, il m'a consolée pour ma faiblesse, du fait d'avoir donné les noms de celles qui avaient été mes amies, mes amantes, mes maîtresses à penser, mes plus grandes amours.

Je me souviens du soleil sur mon cul comme des yeux d'un dieu réchauffant ma peau. Moi je sautais sur la bite de cet amant dont je n'ai plus jamais eu de nouvelles. Le soleil de l'après-midi était haut, sous des saules qui nous couvraient de leurs larmes, l'eau salée du lac Texcoco écoutait mon accouplement. Tandis que je montais et descendais sur sa verge, je priais pour avoir les tripes bien propres afin de ne pas gâcher le moment avec une quelconque trace de merde, car cet amant que j'avais à l'intérieur me plaisait bien, en plus il était vierge. Comme il avait l'air heureux ! Il débutait ni plus ni moins qu'avec le corps de la grande Cotita de la Encarnación, Juan de la Vega Galindo, la plus resplendissante, le travesti aimé par sa mère, choyé par ses voisins, trahi par son amie un 27 septembre, au tout début de l'automne. Je me souviens encore du nombre de fois où j'ai craché sur la paume de ma main pour lubrifier notre péché sous ces témoins divins : les arbres, l'eau, le ciel et le soleil. Et je me souviens aussi des petits rires que nous avons ignorés car tout était si beau entre nous deux que nous n'avons fait que jouir comme des bêtes. Mais quelqu'un nous espionnait, quelqu'un savait ce qui ne pouvait pas se savoir.

Juana, une lavandière avec qui j'ai lavé les vêtements de tant de gens, durant plus de mille après-midi, est celle qui nous a découverts, l'un sur l'autre. Elle a accouru avec les autorités et elle a tracé un éclair entre mon dos et son doigt. *Juana, tu m'as tuée*, lui ai-je dit, mais elle a regardé la terre et la terre a détourné les yeux. *Juana, tu m'as tuée*, lui ai-je dit, *moi qui ai joué avec tes enfants, moi qui ai posé des linges d'eau froide sur le front de ton Miguelito, quand la fièvre menaçait de le livrer à la Faucheuse. N'ai-je pas partagé mon maïs et mon chocolat avec toi ? N'avons-nous pas ri ensemble, comme des amies, l'une à côté de l'autre, en voyant deux singes se battre pour une banane ? Ne t'ai-je pas consolée quand ton mari t'a frappée ? Ne l'ai-je pas maudit, peut-être ?* Mais Juana ne m'a plus écoutée, elle l'avait fait, elle nous avait dénoncés car nous étions en train de faire l'amour comme des chiens.

Toi, toi et toi ! Toi aussi, tu as été chez moi. Tu as bu l'eau froide que je t'ai généreusement servie, criait La Estanpa, en montrant les uns après les autres les petits curés qui descendaient pour nous lancer de l'eau bénite. *Qu'on le sache ! Et ce gardien aussi, celui qui est là, debout, celui qui m'a frappée sur la tête jusqu'à me faire trembler, vous tous, vous m'avez bouffé le cul comme s'il n'y avait plus de pain en ce bas monde.* Personne ne l'écoutait désormais, chacun devait savoir si elle disait vrai, mais tous s'obstinaient à dire que la malheureuse était folle. Tout ce qu'ils faisaient, c'était diriger leurs croix vers nous. Et La Estanpa, comme possédée, maudissait le Mexique. Elle a tant maudit qu'un tremblement a fait tomber les soldats au sol, et ils sont devenus blêmes de peur.

Durant un mois et neuf jours ils nous ont gardées dans ces sous-sols où nous recevions parfois la visite de très vieux esprits, des esprits qui avaient appris à parler en écoutant les hommes à l'occasion de leurs premiers feux, au début de tout, quand le monde était encore propre. Lamashtu, Lamashtu. De très vieilles voix venaient nous rappeler que nous pouvions encore manger le plat de la vengeance. *Engloutissez cette ville, maudissez-la. Asséchez le Texcoco.* C'était une voix fiable, une voix entendue durant toute notre vie. Lamashtu. Je me suis levée, dégoûtée, après avoir sucé les os sur lesquels les chiens avaient laissé un peu de chair, et j'ai condamné le lac dans lequel j'ai lavé le linge et où j'ai fait l'amour. *Assèche-toi, engloutis cette ville, fais-la disparaître complètement.*

Avant de nous faire sortir pour la première et dernière fois au jour transparent du Mexique, un homme courtaud et sale est venu au sous-sol avec cinq soldats. C'était le bras droit du vice-roi, un maudit étranger, comme les autres. Avec une lame de verre, il a coupé les pupilles de treize survivants. Moi, je connaissais de lui jusqu'au nom des morpions qui sautaient sur ses couilles. Ma cabane le connaissait à l'endroit et à l'envers, habillé et nu, digne et souillé. Peut-être est-ce pour cela qu'il a épargné mes jolis yeux indiens. Quand il est parti, entre les hurlements et les malédictions des sodomites, j'ai bandé une après l'autre les treize tantouzes aveugles à l'aide des vêtements qui avaient résisté aux dents des chiens. J'ai embrassé leurs yeux pour offrir une sépulture à leurs regards. La Estanpa criait qu'elle n'avait pas besoin de ses yeux, que de toute façon elle les voyait parfaitement, qu'elle se souvenait de leurs noms, qu'elle se vengerait de chacun d'eux.

Parmi les dix-neuf à avoir initié la marche en direction du feu, nous ne sommes que quatorze à être arrivées à San Lázaro, où se trouvaient les lépreux. Les treize aveugles et moi. Nous avons fait le premier pas en sachant pertinemment qu'un grand nombre des personnes qui marchaient n'arriveraient pas à brûler comme nous le méritions. Je me souviens des langues de feu orange, tellement hautes qu'elles semblaient vouloir brûler les nuages avec leurs coups de griffe. Les bûches avaient encore le parfum violent de l'été qui venait de s'achever, le bois suait de la résine dès qu'on l'approchait de la chaleur. Les étincelles semblaient dessiner notre future danse auprès du diable.

Autour de nous les gens riaient, buvaient du vin ; ils dansaient comme des tourbillons, comme s'ils étaient en train de voir des anges passer devant leurs yeux. Nous, les anges déchus, nous étions placés, pour notre honte, devant tout le monde. Les aveugles trébuchaient, tombaient, se relevaient. Elles étaient comme ça, comme des axolotls. Moi je voyais dans la foule des mains qui serraient des pierres aussi grandes qu'une tête humaine, des lances aiguisées qu'on maintenait en hauteur, les visages déformés à mi-chemin entre le rire et le cri. Nues, nous faisions pitié. *Cotita, Cotita, quel est le goût de la chair?* criaient-ils. *Juanita Correa, comme ton cul de pécheur saigne.* Sous nos pieds, peu à peu, de la boue se formait, nous nous pissions dessus, nous chiions sur nous une merde liquide comme celle des oiseaux. Nous étions terrifiées. Beaucoup d'entre nous pleuraient. Il y en a qui se sont mises à parler dans leur langue maternelle, aveugles sous les chiffons grâce auxquels j'avais contenu l'hémorragie. Langue d'Indiennes, la langue de nos mères. C'était l'après-midi et sur le Zócalo, la place principale, se dessinaient des ombres caressées par des enfants qui jouaient avec des petits bâtons comme si c'étaient des épées, ils se donnaient la mort comme de grands seigneurs. La dernière vision, comme une dernière cène. Toutes les couleurs des Indiennes nous disaient au revoir, elles qui regardaient effrayées derrière l'attroupement des gens. Les Indiennes pleuraient, se protégeaient avec leur châle, et mon cœur a toussé de chagrin, il s'est égratigné à l'intérieur, et j'ai pensé à la manière dont je les tuerais, un par un, quel plaisir j'aurais eu à les bouffer tout crus. Les hommes que j'avais aimés et qui étaient à présent là, à nous vouloir mortes. Les voisins. Juana Herrera, qui m'avait condamnée à cette mort. Les voisins qui avaient raconté par le menu mes amours nocturnes. Tous les autres. Les femmes dont j'ai gardé les enfants. Des femmes que j'ai protégées quand leurs maris les ont mises à la porte de chez elles. Des femmes à qui j'achetais des tortillas et des fruits sur le Zócalo, des femmes avec lesquelles j'ai partagé la bouture d'une plante qui poussait chez moi. Eux tous, comme j'aurais eu plaisir à les tuer.

J'ai couché avec tous les hommes qui nous jetaient des immondices comme la grande pute que j'étais, la sirène pute du lac Texcoco. J'avais baisé avec des centaines de ces mecs, je leur avais absolument tout appris sur l'amour, je ne leur avais pas appris davantage car… il ne restait plus rien à leur apprendre. Je leur ai appris à désirer, à respirer près de moi et à me dire des trucs jolis au milieu de cochonneries. Je les ai habitués à la saleté de l'amour, à son odeur de caca, aux démangeaisons et à tout ce qui coule, aux pustules, aux ampoules et à la fièvre, aux croûtes et aux boutons, aux brûlures, aux bleus qui restent après que l'on s'est battu dans un corps à corps avec quelqu'un. Je les ai habitués au sang et à l'haleine propre à force de boire tant d'eau et de mâcher tant de menthe, à lubrifier grâce au suc des blettes, à manger des fruits tandis qu'en forniquant nous manquions de respect au soi-disant dieu et au soi-disant roi. Je leur ai appris à perdre la honte d'être entre les mains d'une autre personne, à poil et avec tant d'appétit. Je leur ai même appris à faire l'amour avec leurs femmes. Je les avais bouffés en entier, allongés sur l'herbe où moi-même je dormais chaque nuit, sous des feuilles de bananier que je devais changer après chaque pluie. Quand ils me faisaient l'amour, ils semblaient nager dans un fleuve aux eaux sombres, huileuses. De moi coulait de l'huile comme d'une lampe fendue, eux ils comprenaient à quel point les ténèbres de mon cul étaient sombres, quelle longue nuit je cachais entre mes fesses, la peau striée de certains recoins et de mes aisselles, mes cheveux noirs et raides, rares à cause des années que j'avais déjà sur terre. Ils connaissaient point par point les fils de mon plastron, les rubans de couleur qui sortaient de mes manches, les signaux qui leur montraient le chemin qui menait à ma bouche, à mes mains et à mes intestins. Je leur avais donné du chocolat à boire. *Quel délice, ton chocolat, Cotita*, disaient-ils, et moi j'enduisais mes fesses de chocolat bouillant et eux, ils me léchaient. *Il ne faudrait pas que tu sois sale, Cotita*, qu'ils disaient, et moi je me tordais et leur répondais qu'on pouvait boire à cette source en toute confiance.

Oui. Ces hommes-là, je les appelais mon âme, mon amour, bien sûr que je le faisais. J'étais issue du sentimentalisme. Ma mère indienne lavait les vêtements à la tombée de la nuit dans une auge brillante et pure. Lorsque j'étais petite et que je tombais malade, ma mère me donnait à manger des fleurs de courge. Ma mère a été la première à m'appeler Cotita, elle a renoncé à mon nom de baptême, il n'y avait plus de Juan pour personne. Moi, je leur disais mon amour et ils l'ont payé sur le bûcher. Une longue chanson d'amour mexicaine. J'ai également été cela, en plus d'être une pécheresse. Un poème écrit par Rosario Sansores. Une Pleureuse avec une bite qui se traînait la nuit parmi les fleurs du cimetière. Un cœur au point de défaillir battant dans la voix de Chavela. La persévérance de Madame devant les médiocres qui nous voulaient à genoux et en silence. Moi, à l'époque, j'étais cela mais je ne le savais pas. En chemin, quand les jets de pierre et les crachats nous arrivaient de toutes parts, je ne me lamentais que sur mon corps.

Le trajet n'a pas été long. Ils nous faisaient marcher au bout de leurs lances. Nous étions déjà près du bûcher, mais dans ma tête j'étais loin en arrière, très loin, à l'époque où j'étais une petite fille et où il n'y avait pas de pouvoir divin pour m'obliger à ne pas m'asseoir par terre comme les femmes, à ne pas serrer ma taille à l'aide de fils de couleurs et à ne pas me déhancher en dansant. J'ai vu la nappe brodée par ma mère le jour où je suis partie de chez elle pour vivre ma vie, tout près, et j'ai loué une cabane à laquelle on a mis le feu. La maison où j'ai dansé et péché et encore péché jusqu'à ce qu'il soit impossible de sortir vivante de tout ça. Je suis remontée tellement loin – peut-être étais-je victime d'hallucinations à cause de la faim qui aurait enfin un terme – que j'ai eu entre mes mains, sur le chemin de la honte, la nappe que ma mère m'a offerte le jour où je suis partie. Elle avait brodé un dindon magnifique, un dindon courageux qui regardait devant lui en défiant mes yeux. Ces yeux que l'inquisiteur a préservés. Mes yeux qui ont vu l'amour dans les yeux d'un grand nombre d'amants, une sorte de pierre transparente à l'intérieur de la pupille. Quelque chose qu'on voulait me donner pour que je m'en fasse des boucles d'oreilles, pour que ma mère la brode sur mes jupes. Mes yeux qui avaient joué avec presque tous les enfants de San Pablo. Les yeux de Cotita de la Encarnación, qui avait gardé et aimé les enfants des autres plus encore que sa propre mère. Je leur ai appris à compter et à faire des prières en silence, pour que les petits anges les protègent et pour que l'animal que devient l'esprit lorsque nous dormons soit fort et farouche. Les enfants venaient à moi, *tante Cotita*, disaient-ils, ils évitaient les poules, les chiens et les chèvres, les plantes carnivores qui les caressaient en passant. Ils m'apportaient des fruits, ils remplissaient mon giron de fruits. Ils m'offraient des grenouilles de toutes les couleurs, *tante Cotita, nous t'aimons beaucoup*. Leurs parents me connaissaient, ils savaient que j'étais honnête, que je n'ai jamais fait de mal à personne, pas même à la terre sacrée du Mexique, ni à la poussière des morts sur laquelle nous marchions, ni à la vue de Dieu depuis un ciel très lointain. Les enfants ont aussi crié de joie. Eux aussi, ils ont célébré le moment où ils ont vu ma cabane brûler. Eux aussi, ils ont craché.

J'avais lavé leurs vêtements. Je connaissais leur odeur du haut, celle de bas, et celle de plus bas encore, je connaissais les taches que laisse tout ce qui peut souiller un corps. Je lavais leurs vêtements et je les faisais sécher au soleil, comme si c'étaient les miens. Je teignais leurs chemises à l'aide d'essence de betterave et je parfumais leurs humeurs avec du copal.

On nous poussait dans le bûcher et en même temps on nous blessait avec les lances. Les gens se réjouissaient comme si c'était le nouvel an. Ils ont commencé à brûler, l'un après l'autre, les sodomites du coin. L'air a été altéré par les lamentations et l'odeur de nourriture, de viande grillée. Les vieilles personnes se bouchaient le nez avec leurs mouchoirs trempés dans le vin, qui teintaient de noir leurs lèvres et de violet leurs mentons. Ils criaient, désespérés, et à la fin ils n'avaient plus de gorge, ils ne faisaient que brûler. La chair brûlée s'est immiscée dans mon nez et m'a privée pour toujours de toute autre odeur.

Finalement, c'est moi qui ai brûlé. Avant cela, j'ai mordu plusieurs oreilles et on m'a brisé le crâne avec une massue. Je ne sais pas si c'était la quatrième ou la cinquième fois où je me chiais dessus à cause de la douleur. Ça m'a brûlé, ça a duré une éternité, il faut mourir sur un bûcher pour savoir combien de temps c'est, l'éternité. J'ai voulu m'arracher moi-même, enlever de moi ce qui me faisait mal. Avec leurs lances ils m'ont retenue dans les flammes. Et quand la douleur s'est éteinte, lorsque tout n'a été qu'un amas d'étoiles, j'ai vu une femme avec une tête de porc. Ses mains avaient des griffes de chat et sur son ventre on voyait une grande cicatrice. La voix de ma mère a chanté une chanson en nahuatl, elle m'a peu à peu enveloppée; moi qui étais désagrégée par la douleur, je suis redevenue un corps et la femme à la tête de cochon m'a dit: *Lamashtu. Reste avec leurs enfants. Garde-les avec toi. Lamashtu.* C'était la même voix qui nous avait conseillées dans le sous-sol où nous avons été prisonnières.

Et alors j'ai su que je reviendrais dans ce monde encore et encore après ma mort. Que j'allais remettre ma bonté au Léthé, boire une gorgée d'eau pour oublier avant de retourner dans ce monde pour me traîner sous leurs lits, pour glisser des petits cancers dans leurs estomacs, dans leurs poumons, pour faire pousser des boules d'ongles et de cheveux entre leurs organes et leurs muscles. Que j'arroserais de maladies l'existence de leurs descendants, de tous ceux qui m'ont trouvée la nuit du 27 septembre 1658 et de ceux qui m'ont vue mourir dans les flammes un mois et neuf jours plus tard. Je mettrais dans la chair de leurs enfants mon âme pleine de ressentiment. Même s'ils me tuaient, je garderais leurs enfants avec moi. Je les prendrais tout petits, à l'âge où ils ne font pas la différence entre la cruauté et la bonté et là, dans ces petits corps de rien du tout, je déposerais mon vice de travesti. Je resterais dans leur chair jusqu'à leur propre enterrement et une fois morte, je reviendrais et j'en chercherais un autre, enfant, petit-fils, arrière-petit-fils, peut-être, de tous ceux qui m'ont trahie. Je les ravirais la nuit, je changerais leur nom, leur reflet dans le miroir. Peu à peu, je tuerais l'espoir de les voir devenir des hommes et je les parfumerais avec des huiles de femme, avec des gestes de femme, je les envelopperais dans des rubans et je glisserais en eux, tout au fond d'eux, une faim terrible pour leurs époux, leurs généraux, leurs présidents, leurs évêques et leurs papes, leurs enfants, leurs frères, leurs petits-enfants, leurs chefs et leurs esclaves. Et après ça, je les baiserais tous.

Quand il n'est plus resté que des cendres et des charbons des quatorze sodomites qui ont été brûlés durant cette fête joyeuse, je suis restée là pour maudire et déchaîner des petites tragédies dans la vie de ces gens. Quand ils ont balancé les restes de la tuerie dans le lac Texcoco, nous avons commencé à l'assécher. À présent, même son sel a disparu.

Six mamelles

On appelle sodomitique le péché dans lequel tombent les hommes qui se couchent avec d'autres hommes. Ce péché engendre un grand nombre de maux. Chaque membre du peuple doit accuser les hommes qui commettent le péché de luxure contre nature, et cette accusation doit être faite devant le juge de l'endroit où une telle faute a été commise. Et si cela est avéré, tant celui qui l'a fait que celui qui y a consenti doivent mourir.

"Las Siete Partidas" ou
"Le Code d'Alphonse le Sage"

L'oiseau a perdu sa couleur. Les plumes de sa queue, qui étaient rouges et jaunes, n'ont plus de couleur à présent. On dirait un oiseau fait de salive. Son chant, amer comme une bouchée de merde, me hérisse les poils, ici, dans la forêt. J'écris et j'écris. Il faut écrire ce qui nous est arrivé. Les événements sont en pleine ébullition, tous les jours nous tombons sur une mauvaise nouvelle en provenance de la nature. Rien n'est tranquille ici. Tout est vivant, tout égratigne, mord ou empoisonne. Il faut écrire, il faut écrire, maintenant, à la fin du monde. Mes chiennes m'accompagnent comme l'oiseau transparent qui, à force d'être clairvoyant, a perdu sa couleur. Les journées sont très chaudes, on voit les choses comme à travers un rideau de nylon. Les iguanes partent en courant sur cette espèce de sable qui brûle sous les pieds. Mes chers pieds d'homme, mes pieds immenses qui ont des durillons, des oignons, des infections au creux desquelles des vers se tordent et se désirent comme des serpents. Le soir, ça se rafraîchit, je jette mes petites laines sur mon dos, je me couvre comme je peux ; je fais le ménage, la cuisine, je m'occupe de mes animaux. Mais j'arrive toujours à écrire, même tard. J'ai tout juste raconté le début de ce qui s'est passé, mais malgré mon retard, j'écris et je pense au monde que j'ai laissé derrière moi, plusieurs vies en arrière.

Il faut écrire, depuis le début, pour remplir les heures dans cette nature qui ne se tait jamais. C'est ce que le corps sait faire. Telle est l'habitude de mes mains et de ma pensée, l'habitude qui vient de ma vie d'avant, quand j'écrivais sur le cinéma et parfois sur la littérature dans un journal de la ville. J'écrivais à propos des répercussions qu'avaient dans ma vie certains livres ou films, de spectacles qui m'éblouissaient, d'écrivaines qui me ravissaient, je racontais la vie d'actrices inoubliables comme Carmen Maura ou Annie Girardot, je racontais également la vie des autrices. Chaque semaine j'écrivais à ce sujet et j'essayais aussi d'écrire un roman qui est resté dans mon ancienne maison. J'avais un certain prestige et un salaire qui me permettait d'être heureuse. Je le dis : l'argent me rendait heureuse.

"Cette vie est très chère et on va vous la faire payer." La Machi envoyait ses oiseaux caméléons au domicile de toutes les trans de la ville et nous, distraites et prises par mes vies de couple, nous avons pensé qu'elle était devenue folle. La Machi était très vieille. Elle avait eu plusieurs vies sur la terre. Nous pensions qu'elle allait bientôt mourir et aucune nouvelle Machi n'était née pour guider le destin des trans de mon époque. "Le ciel devient rouge de bonne heure, ils sont en train d'ourdir une tuerie." Les oiseaux caméléons arrivaient jusqu'à nos fenêtres avec les messages que La Machi écrivait et enroulait sur leurs pattes et, moi du moins, je l'ai pris comme un délire de vieille dame, une menace sur notre richesse.

J'ai manqué de lucidité.

La première a été Claudia. Elle a dit que dans une des maisons où elle faisait le ménage, le mari de sa patronne, un militaire, lui avait demandé de faire attention, de ne pas sortir seule dans la rue. Après ce conseil, elle s'est fait accompagner par son mec chaque fois qu'elle quittait son travail. Le militaire ne lui avait pas dit pourquoi, mais elle avait commencé à avoir peur. Puis Rufiana a débarqué chez moi, totalement essoufflée car elle avait fait un marathon pour échapper à un groupe d'adolescents qui lui lançaient des pierres.

La Machi a insisté : "Tirez-vous." Et les petits mots attachés aux pattes de ses animaux sont devenus de plus en plus insistants. Mais nous étions occupées à dépenser notre argent, à ne rien faire qui aurait pu froisser notre museau.

Les actrices et les chanteuses trans ont commencé à être accusées, dans les émissions people et dans les journaux télévisés, d'être des pédérastes ou des violeuses. Puis ce sont les femmes politiques et les institutrices, les journalistes, les écrivaines qui l'ont répété, et en peu de temps nous avons eu l'œil d'une épée au-dessus de nos têtes.

Finalement, on a entendu voler des drones qui criaient de leur voix de robots :

> TOUT TRANS DOIT MOURIR ET, AVEC LUI, TOUS CEUX QUI L'AURONT TOUCHÉ TROIS FOIS ! COLLABOREZ AVEC LE MONDE. TUEZ DONC UN PEU !

La police s'excusait. Elle disait que ces drones n'appartenaient pas aux forces de l'ordre. Nous nous moquions, pensions qu'il s'agissait de fanatiques religieux. Je me suis même moquée de leur mot d'ordre ; le vieux Prévert leur offrait, sans le savoir, ces si jolis vers : "Alors tuez-vous un peu", "Un petit tour et on s'en va". La personne qui a écrit le communiqué aimait la poésie.

Des pancartes, des spots publicitaires à la télé et à la radio, des manifestations dans la rue, des autocollants, des prospectus dans les écoles, des prédicateurs sur les places, tout cela y avait contribué. Mais ni le gouvernement, ni l'armée ni la police n'étaient en mesure de nous donner des réponses.

"Pas le temps de chercher les coupables ! Courez, bande de minables !" Les oiseaux insistaient. Nous pensions que si quelque chose de grave survenait, La Machi viendrait en personne, elle nous convoquerait, mais les jours passaient et les maudits drones commençaient à crier toujours plus tôt et à se taire chaque jour plus tard :

> AUX CITOYENS LIBRES ET DÉCENTS, L'HEURE EST VENUE D'EN FINIR AVEC CES DÉGÉNÉRÉS QUI MENACENT LA PAIX DE NOS FAMILLES. TUEZ UN PEU. TUEZ DAVANTAGE. TUEZ LES TRANS ET TOUS CEUX QUI LES AURONT TOUCHÉS PLUS DE TROIS FOIS.

Mourir avec tous ceux qui nous auraient touchées plus de trois fois. Comment pouvait-on savoir une chose pareille ? Comment pouvait-on vérifier qu'un tel avait touché une trans plus de trois fois ?

Moins d'un mois après que les drones avaient résonné dans le ciel pour la troisième fois, on a tué la première trans. J'ai vu la vidéo sur Instagram, elle avait des millions de like et des commentaires célébrant la chose de plein de manières. Dans une boutique, on avait rempli la bouche et les narines d'une trans avec les vêtements qu'elle était en train d'essayer jusqu'à l'asphyxier. Les vendeuses avaient applaudi. Le même jour, mon fils est arrivé de l'école et il s'est enfermé dans sa chambre en criant qu'il ne voulait plus en sortir, que c'était ma faute.

Qu'à l'école il y avait des écriteaux qui disaient : "Tuer les trans et tous ceux qui les auront touchés trois fois."

Les drones demandaient aux gens de nous assassiner et nous, nous avions oublié la violence originelle et transparente qui aurait pu nous servir pour nous défendre, la violence honnête qui avait protégé notre pérennité.

Un jour, je revenais du travail sans arriver à croire à quel point l'ambiance avait changé en si peu de jours. La façon dont les gens restaient silencieux quand je passais près d'eux, dans la rue, à la rédaction du journal, au supermarché. Tous se taisaient et baissaient les yeux, honteux. Soudain, tout près de mon appartement, quatre enfants ont déboulé devant moi. Ils portaient l'uniforme de leur établissement, sacs à dos sur les épaules. Ils étaient comme mon fils, peut-être du même âge. Ils m'ont barré la route. L'un d'eux a crié que j'étais un dégénéré et il a lancé une pierre qui m'a frappée au flanc gauche. Un autre a lancé plus de pierres, toutes dirigées sur mes jambes ; ils ont commencé à prendre les pavés de la rue piétonne qui n'étaient pas bien fixés et ils se sont mis à les lancer sur moi avec de plus en plus d'acharnement. C'étaient des enfants, que pouvais-je faire ? Jusqu'au moment où l'un d'eux a mieux visé que les autres, m'atteignant juste au niveau de la tempe, alors je suis tombée au sol. Dès que mon étourdissement s'est dissipé, je me suis levée avec l'envie de les trucider, de les bouffer tout crus. Mais l'un d'eux s'avançait déjà avec un fouet en l'air et *vlan*, il m'a frappée juste à côté de l'œil. Le fouet a sifflé en l'air et quand la douleur s'est logée dans mon sourcil, j'ai failli m'évanouir. Nous étions seuls dans la rue piétonne – les jours de tuerie, les voisins prenaient peur –, les quatre gamins et moi. D'un bond, comme si je n'avais jamais oublié que j'ai été une bête, je me suis jetée au cou de l'un d'eux et lui ai arraché un bout de chair par où sa vie s'en est allée. Et à celui qui avait le fouet, j'ai envoyé un grand coup de pied juste au milieu du front, son joli front d'enfant bien élevé, et il est tombé, mort également. Les autres ont fui en criant qu'il y avait un trans, puis j'ai entendu le tremblement des pavés de la promenade et j'ai su qu'on venait me chercher.

En arrivant dans mon appartement, j'ai trouvé mon fils en train de soigner la grande entaille que mon époux avait dans le dos. À son travail, il avait été signalé comme un des déshonorés. Les femmes lui avaient demandé de partir et, en le poursuivant, elles lui avaient balancé un grand ordinateur sur le dos. Elles avaient ouvert dans son dos une grande entaille qui semblait être la promesse d'une aile.

Alors nous avons couru, nous avons simplement couru.

Dans nos maisons sont restés les micro-ondes et les jacuzzis et les épilations définitives et les chirurgies esthétiques et les oreillers en plume sur lesquels nous avions reposé nos corps habitués à l'art de vivre. Derrière nous sont restés les canapés où nous avions fait l'amour, les douches chaudes lorsque nous rentrions à la maison, les fenêtres fermées durant l'hiver pour garder la chaleur. Sur mon bureau, sont restées les entrées pour la pièce de théâtre que mon mari et moi devions voir le week-end suivant et une tasse de thé chaud que nous avions préparée pour calmer notre fils. Les photos, les robes, les sous-vêtements à côté d'un savon exotique, les souvenirs de voyage et le pare-douche avec le paysage du mont Fuji. Mon fils pleurait à cause de ses jouets, de ses cahiers, de ses dessins collés aux murs. À cause de ses amis qui, terrifiés, lui ont jeté des pierres à la tête. À cause de ses institutrices qui l'ont fait sortir de l'auditorium sans penser au nombre de fois où elles l'avaient consolé durant sa scolarité lorsqu'on se moquait de lui car il était le fils d'une trans, à l'époque où il était encore possible de l'être, du temps où ce n'était pas interdit, comme maintenant. Mon mari était silencieux, les yeux grand ouverts. L'oiseau qui apportait des mises en garde et changeait de couleur volait au-dessus de nos têtes. Il était pressé de nous voir fuir.

Nous sommes descendus par les escaliers, couverts comme nous avons pu, pour ne pas être reconnus par les voisins. En arrivant dans la rue, nous avons été accueillis par un silence nouveau, quelque chose de triste et dense comme l'envie. Notre voiture, que j'avais achetée en vingt-huit mensualités grâce à mon salaire de journaliste, était dans un parking mais nous n'avons pas osé aller la chercher car nous ne savions pas quelle pouvait être la réaction du gardien. Nous avons marché en restant collés aux murs dans cette ville qui crachait des fusillades et des cris de trans implorant pitié. Puis mon fils n'a plus voulu marcher. Il a dit qu'il resterait là, qu'il ne ferait pas un pas de plus et que tout ça, c'était ma faute. Nous ne pouvions pas le porter. Nous avions avec nous de la nourriture, de l'eau et des vêtements chauds, ça pesait autant que toutes ces morts. Je l'ai supplié de ne pas hausser la voix, de ne pas pleurer, car on pouvait nous entendre. Mon mari a eu moins de patience et il l'a frappé, il a frappé notre fils que nous aimions plus que tout. Mon fils a crié, alors il lui a fermé la bouche de sa main énorme avec laquelle il le caressait aussi. Il l'a regardé dans les yeux et mon fils a compris. J'ignore combien de temps nous avons mis à atteindre les abords de la ville, où quelques femmes portant des foulards sur la tête observaient derrière les grilles de leurs maisons les figures fantomatiques qui apparaissaient dans les confins. Des trans en sang, mutilées, dans leurs derniers moments ou près de la fin. Des trans qui portaient leurs parents dans les bras, des trans très vieilles, d'autres qui n'avaient même pas quinze ans. Là, nous nous sommes enfin reposés.

L'une d'elles, qui récupérait des forces après sa course, a dit qu'ils savaient tout sur nous. Où nous vivions, dans quelle rue, à quel étage et dans quel appartement, quel était notre travail, si nous avions de la famille ou non, à quelle heure nous quittions notre domicile et à quelle heure nous rentrions chez nous. Aussi que leur but était de nous laisser sans La Machi avec nous, c'est d'ailleurs la première qu'ils ont voulu assassiner afin de nous désorienter.

– Moi, j'ai appelé la police quand on a voulu mettre le feu à ma maison, mais ils ont éclaté de rire puis raccroché, a dit une des trans qui perdait du sang de partout tandis qu'une des femmes du dernier quartier de la ville lui appliquait des bouts de tissu imbibés d'alcool iodé pour freiner l'hémorragie.

Les voisines couraient et nous donnaient ce qu'elles avaient réussi à obtenir presque en contrebande. De l'eau, des sandwichs, de l'alcool, des antibiotiques, des bandages.

Le jour ne se levait pas encore. La nuit, encore une fois, nous protégeait.

Nous aidions les blessées, essayions de comprendre ce qui était en train de se passer, de décider dans quelle direction fuir, quand une petite fille d'à peine onze ans est apparue. En nous voyant, elle s'est évanouie en poussant un gémissement. Mon mari a pris la petite fille dans ses bras et il a vu qu'elle était couverte de bleus. Son pantalon était taché de sang. Mon fils en était resté sans voix.

Les femmes qui nous ont secourues attendaient de nouveaux groupes de fugitives qui avaient besoin de leur aide. Elles semblaient organisées et en même temps elles avaient peur car elles faisaient quelque chose d'interdit :

– On ne vous a pas touchées, a dit l'une d'elles en montrant les paumes de ses mains en guise de preuve de son innocence. On n'a même pas posé un doigt sur vous.

– On doit couper à travers champs, et tout de suite, a ordonné mon mari.

Nous avons demandé aux femmes de dire aux autres dans quelle direction nous allions. Nous avions confiance en elles, sans savoir pourquoi. Nous avons remercié à genoux et avons continué notre chemin.

J'ai commencé à rassembler les autres, et boiteuses, mutilées, abîmées et sans forces, nous avons effectué les premiers pas de notre exode. Nous avons évité la route périphérique, nous avons sauté par-dessus les barrières et nous nous sommes enfoncées dans les champs. Bientôt le soleil a dessiné nos ombres allongées sur les herbes et ce n'étaient plus des ombres humaines. Au loin, on entendait les sirènes, les voix perçantes des drones, des coups de feu et des hurlements qui glaçaient le sang. Et un cri plus proche, ici, dans le groupe de gens qui fuyaient avec moi :

– Ma fille !

C'était ma mère. Elle avait réussi à s'échapper. Elle a couru dans mes bras comme une petite fille retrouvant sa mère après l'avoir perdue dans la rue.

Nous avons marché durant de longues heures en évitant tout signe de vie humaine, longeant les chemins et nous enfonçant dans les roselières. Ma mère toussait et gardait le secret sur les détails de sa fuite. Chaque fois que je lui demandais comment, elle répondait en secouant la tête. Elle parlait avec d'autres qui rejoignaient l'exode. Elle allait d'une trans à l'autre, s'enquérant des détails, élaborant des théories et confirmant des soupçons, puis elle revenait me raconter tout ça. Pour que je puisse l'écrire. Pour que l'écriture se souvienne à ma place.

Nous avons avancé sous la terre, par les toits, dans le coffre des voitures, dans des sacs-poubelles, nous avons fui comme nous avons pu, couvertes de tissus, sans être rien, définitivement. Nous sommes partis par les égouts. Ceux qui voulaient nous tuer étaient sur nos talons, leurs chiens nous reniflaient, l'odeur de notre chair les faisait baver. Nous arrivions à peine à avancer avec ce qui restait de nos vies d'avant, ou ce que nous avions réussi à dérober dans notre fuite.

Presque à la lisière de la première forêt, un groupe d'assassins nous a rattrapés et nous avons dû nous battre avec nos dents et nos ongles. Beaucoup d'entre nous sont morts. Nous avons également vu mourir les vieux corps de nos mères. La mienne a crié et elle est tombée morte, les balles lui ont perforé le dos. Mon fils a voulu se dégager des bras de son père et courir derrière sa grand-mère, mais mon mari s'est montré fort et il l'a traîné jusqu'à l'Espinal. Je leur ai demandé d'arrêter, je leur ai dit qu'elle était vieille, qu'elle n'était nullement responsable de quoi que ce soit, qu'elle n'était la mère de personne, qu'elle était sénile et fuyait par peur, mais les hommes et les femmes qui s'étaient lancés dans une chasse contre nous étaient sourds et aveugles.

J'ai pleuré tandis que j'avançais, je ne pouvais pas m'arrêter. Nous nous dirigions vers les montagnes. Les chemins de pierre étaient silencieux. Nous sommes montés sur la montagne et le bois de fougères nous a blessés avec sa faune. Les chauves-souris suçaient notre sang. Mon fils ne dormait pas, souvent il a refusé de marcher. Mon mari le portait. La petite fille qu'il avait portée dans ses bras depuis que nous avions quitté la ville était morte quelques heures plus tôt. Il a mis beaucoup de temps à se rendre compte qu'elle avait cessé de respirer. Comme la femme de Lot, à plusieurs reprises je me suis retournée pour dire au revoir à ma maison, là-bas, à Sodome ; je m'attendais à me transformer en sel, à rester clouée à la terre comme un arbre, mais non, il ne m'a pas laissé le faire. Il n'a pas voulu. J'ignore qui se préoccupait de moi depuis l'autre côté. Peut-être les légions d'esprits que nous avons nourris chez nous.

Quand nous avons compris que nous étions très loin, sous un soleil de midi qui promettait de nous brûler vivantes, nous avons improvisé des tentes à l'aide de robes et de couvertures et nous nous sommes reposées jusqu'à la tombée de la nuit. Sans allumer de feu, par peur que sa lueur ne dénonce notre présence, nous nous sommes assises en cercle pour réfléchir sur les événements.

Nos téléphones portables ont commencé à s'éteindre les uns après les autres. Personne n'a fermé l'œil cette nuit-là. La Lumière Mauvaise dansait autour de nous comme une odalisque de lueur. Avant l'aurore, nous avons levé le camp de fortune et poursuivi notre marche.

Nous sommes rapidement arrivés à la Pampa de Achala et nous avons eu froid et avons été grandement désarçonnés. Mon mari, qui avait l'habitude d'escalader tous les rochers qui se trouvaient à proximité de la ville, a dit qu'il ne reconnaissait pas cette montagne qu'on distinguait au loin.

– Cette chose n'était pas là avant, du moins il y a deux mois, a-t-il dit, et d'autres hommes qui étaient avec nous l'ont confirmé.

– Mais il vaut mieux continuer à avancer.

– Ce n'est pas un mirage, a dit une voix trans, au fond. C'était La Machi, qui avançait sur le dos d'un chien immense, presque de la taille d'un mulet, mais bien plus rapide. Un chien blanc éclaboussé de taches sombres. Nous avons toutes gardé le silence quand elle a remonté la caravane pour se placer en tête de cortège. Elle portait un sac rempli de fusils chargés. Elle les a distribués parmi les personnes qui savaient les utiliser, puis elle a dit :

– Si vous arrêtez de vous plaindre, vous entendrez que c'est la terre elle-même qui nous guidera.

Plusieurs d'entre nous se sont effondrées. Nous sommes tombées à genoux comme devant un ange. Beaucoup d'entre nous ne l'avaient jamais vue, pas même une fois dans la vie. Beaucoup d'entre nous ont espéré qu'elle apparaîtrait quand toute cette merde a commencé, nous pensions qu'elle nous sauverait avec sa magie, avec les sortilèges qu'elle avait appris et inventés durant les années vécues sur terre, mais elle était vieille et en train de reprendre des forces quelque part dans le pays, elle ne pouvait pas affronter tant de méchanceté en même temps. Mais elle était là, elle était arrivée, et la voir juchée sur son chien, avec ses oiseaux caméléons virevoltant au-dessus de sa tête, ça a été comme de voir Dieu.

La Machi connaissait bien le paysage. Elle avait été élevée sur la cime des montagnes, au-dessus des rochers, en haut et encore au-dessus de tous les ruisseaux et de toutes les cascades, plus loin que la pampa qui avec toute sa paille rugueuse égratignait nos jambes nues. Elle nous a mises en garde à propos de serpents qui vous plongeaient dans de terribles agonies. Des scorpions qui vous faisaient pourrir en quelques secondes s'ils vous plantaient leur aiguillon. Nous l'avons suivie. Pour la première fois, j'ai dormi en marchant. Ni mon fils ni mon mari ne se sont rendu compte qu'ils avaient une somnambule à côté d'eux.

Après des heures et des heures à se blesser la plante des pieds avec les lames de pierre de ce paysage nouveau, La Machi a interrompu la marche et elle a caressé la végétation du lieu. Elle a collé son oreille contre la terre et écouté la rumeur des racines éclatant de jeunesse et de force, la blessure qu'infligeaient les bourgeons à la surface du sol. Elle s'est mise à murmurer le mantra de toujours : *Naré naré pue quitzé narambí.* Nous nous sommes endormis avec cette prière, et, au réveil, les arbres denses comme des murs nous ont coupés du monde.

Ici, nous avons installé notre maison. Il y a eu le premier jour, la chair de notre famille était à bout. Le climat était différent, des dangers que nous avions oubliés étaient revenus parmi nous. Nous ne savions pas comment nous couvrir, comment rendre une toiture sûre, dans quelle direction orienter nos fenêtres. Puis le deuxième jour est venu et nous avons eu l'idée de manger et de boire de l'eau, alors nous sommes sortis en reconnaissance. Bientôt ça a été le troisième jour et mon époux a eu envie de faire l'amour et moi de lui faire plaisir, alors nous nous sommes lancés, sales comme nous étions, pour reprendre cette histoire d'introduire et de faire sortir, de lécher et de mordre, même si nous étions dégoûtés par l'odeur qui sortait de nos bouches et de nos aisselles. Le quatrième jour il a plu et nous avons été trempés comme des nouveaux-nés et nous avons pleuré. Nous avons toutes pleuré. Et les hommes ont pleuré en cachant leur visage. Le cinquième jour nous avons fait sécher au soleil tout ce que nous avions emporté, dont nous-mêmes, nues dans la forêt comme des tatous. Nous avons fait sécher notre peine, nous l'avons repliée avec soin en nous aidant mutuellement pour bien l'attraper par les extrémités avant de la ranger sous la terre. Le sixième jour, la vie s'est mise à nous ressembler, quelques-uns d'entre nous sont partis chasser et nous avons cuisiné sur différents feux qui s'étalaient au-delà de l'obscurité. La population interdite était tellement vaste. D'un feu à l'autre, les exilés demandaient si on avait vu un tel ou un tel, qui était comme-ci ou comme-ça et répondait à tel nom. Quelquefois quelqu'un courait dans les bras d'un autre, et moi je prenais mon fils dans mes bras, non pas dans un élan d'amour mais en raison de la solitude. En raison de l'ampleur de l'angoisse. J'avais besoin de mon fils avec moi, entre mes seins, je voulais son corps sans terre contre le mien.

La Machi sortait sans cesse, juchée sur son énorme chien tigré pour chercher les blessées, les perdues, toutes les personnes qui nous avaient touchées plus de trois fois et qui arrivaient jusqu'ici guidées par les oiseaux. Elle franchissait le mur d'arbres qui nous entourait et elle les ramenait dans notre campement, où chaque jour il y avait plus de réfugiées. Ces premières semaines, elle ne s'est jamais reposée. Nous voulions aller avec elle, mais elle refusait notre compagnie, réalisant les sauvetages toute seule, rien qu'avec son âme, portant sur le dos de son chien ceux qui ne pouvaient pas faire un pas de plus. Ici nous soignions, nous offrions de l'eau, nous réchauffions ou nous rafraîchissions, selon les caprices du climat. Nous avions déjà certaines habitudes. Nous tâchions de raconter notre histoire lors de chaque pleine lune. Nous nous rassemblions pour ça, pour nous raconter l'histoire depuis le début, ce que nous avions vu, ce que nous avions entendu, ce qu'on nous avait fait dans la peau, les marques des fouets et aussi celles de l'amour. Par petits groupes, autour du feu, nous nous racontions tout ce dont nous nous souvenions mais nous inventions également des choses jusqu'à ce que le corps s'endorme.

Moi, j'écoutais comme un radar, je voulais tout entendre et me souvenir de tout. De chaque chose dite dans ces réunions, car ensuite j'allais écrire, même si c'était pour le faire sur la terre elle-même et que le premier vent venu l'efface, mais dans ce cas, j'écrirais de nouveau.

Il n'y a que la forêt. On dirait que ce truc tout emmêlé n'a pas de fin, les épines qui blessent quand on part au trot, qu'on fuie l'animal ou qu'on le poursuive, ou simplement qu'on essaye de faire peur aux fauves pour qu'ils ne mangent pas l'oiseau transparent sur lequel j'écris, un des rares qui subsistent dans le monde et qui s'est attaché à ma maison. On dit que cet oiseau est un parent du Quetzalcóatl, qui est à son tour parent du grand Phénix. L'oiseau existe encore parce qu'il vit sous la terre, qu'il creuse son propre terrier. Un tel oiseau, qui est comme un caméléon à plumes, changeant de taille jusqu'à devenir petit comme un moineau ou immense comme un aigle, vit avec moi et régule grâce à son état d'esprit le tempérament de mon exil. Quand il n'est pas assailli par l'inquiétude ou la tristesse, ses ailes déployées ont la taille des bras ouverts d'un homme. Sa queue doit mesurer un mètre, son bec change de couleur avec lui. Quand il y a des chasseurs à proximité, il devient orange, comme cela arrive ici l'après-midi, dans ce cas on n'a plus qu'à s'enfuir comme un lézard et solliciter le secours de l'au-delà, car si on ne court pas, il est bien possible que l'on finisse empalée. Quand il dort il est tout noir, comme une sorcière sous une couverture. Il se plaint comme un vieillard. Il est venu jusqu'ici comme s'il n'appartenait qu'à moi. Il a renoncé à La Machi et elle m'en a voulu. Elle ne me voit plus d'un bon œil parce qu'elle dit que je lui ai pris sa créature, mais elle me pardonne à cause de ce qui m'est arrivé. Elle ne se résigne pas à perdre l'oiseau, mais je suis son point d'attache.

Au début, nous étions celles qui venaient d'arriver, les étrangères qui sentaient le cul. Le climat a changé au fil des ans et sa cruauté est arrivée sans faire de bruit, comme lorsque l'amour s'évanouit. Nous sommes restées ici et nous avons su que la terre nous protégeait en faisant pousser des épines comme s'il s'était agi d'une enceinte pour notre campement. Ceux qui sont restés dans les villes craignaient de venir nous chercher. Leurs satellites ne marchaient pas, pas plus que leurs montres, leurs téléphones portables, toute leur technologie renonçait à nous dénoncer, alors ils ont pris peur. Ils avaient bien raison. Quand ils envoyaient leurs expéditions pour retrouver notre trace, on n'avait plus de leurs nouvelles. La terre même les dévorait.

Quelques-unes d'entre nous ont commencé à perdre leurs cheveux et, avec ces touffes, nous avons fait des nids pour nos enfants. Nous couvrions nos crânes en raison de la honte que nous avions de nous voir chauves. Nous étions chauves et seules. Notre maquillage nous manquait, nos huiles, les crèmes dont nous nous enduisions, les fards, l'ombre dont nous soulignions nos regards. Nous étions dans la forêt, chaque fois plus nues, la rudesse du soleil nous blessait, le froid également, nos lèvres étaient tellement desséchées que nous ne pouvions pas sourire sans saigner, notre peau nous brûlait, en une année nous avons vieilli de cinq cents ans, notre corps était une poignée de terre.

Une trans bien en chair est apparue, toute nue et couverte de boue, et sur sa peau de terre elle a dessiné des spirales. Sur son ventre, sur ses épaules, sur son dos, une griffure. Une autre a suivi son exemple puis une autre et une autre encore, et bientôt nous avons toutes été de nouveau maquillées ; la boue séchait de différentes manières sur nos corps, elle devenait parfois blanche, d'autres fois grise ou noire. D'autres ont trouvé des restes de brique dans les fours abandonnés où nous avons construit nos temples, d'autres ont mêlé leurs connaissances au nouveau paysage et elles y ont déniché de la teinture verte, de la teinture rouge pour notre nouvelle chair. À l'aide du sang de nos gencives, nous mettions de l'ombre sur nos paupières, nous rougissions nos bouches. Les mains qui nous caressaient disaient qu'elles n'avaient jamais touché quelque chose d'aussi doux, c'était à peine une poussière fine, nous laissions des restes de nous-mêmes sur tout ce que nous frôlions. Comme une malédiction trans.

Tout près de nous, presque au rythme où nous laissions ces traces, venait le renard pour lequel j'ai trahi le deuil pour mon mari. Il me poursuivait, toujours à m'épier, ses yeux étaient comme des aiguilles sur mon crâne chauve. D'après le renard, dès qu'il m'a vue arriver, je lui ai plu, mais il avait très peur car il se méfiait des humains, il ne voulait pas approcher. Mais je ne l'ai pas cru, en raison du parfum de traîtrise que dégageait son pelage.

Peu importait, après la mort de mon mari – j'écrirai plus loin à ce propos, je le promets –, je lui ai ouvert les rideaux de ma cabane de veuve, construite avec de la boue, des herbes, des amas de paille qui ont entaillé mes mains, des entailles qui m'ont fait saigner et les plaies se sont infectées. Les agneaux sont venus lécher mes blessures. Je faisais la pute, je ne me supportais plus, je voulais tout lui donner.

– Que veux-tu que je te donne ? Tu veux que je te donne ma vie, ma maison, mon nom ? Aide-moi, car je ne sais plus quoi te donner – je le suppliais, l'implorais.

À présent, il n'y a plus que du ressentiment sur mon giron. Je le déteste. Je souhaite qu'il regarde son reflet dans le fleuve, tout son reflet, jusqu'au moindre recoin, qu'il ne trouve aucun refuge pour lui-même, qu'il ne puisse jamais échapper à ce qu'il est, d'un bout à l'autre, depuis le plus beau des pelages que sa mère lui a légué jusqu'à ces pattes immondes avec lesquelles il a souillé ma maison.

Mais la rancœur s'écrit, goutte à goutte. Le moment n'est pas encore venu d'écrire ma rancœur.

Mon dos s'est courbé, mes cheveux sont devenus blancs. Mes seins se sont affinés et allongés dans un geste d'amertume. Je suis devenue comme ça, telle que je suis maintenant. Je me suis livrée à la dictature des minéraux et des bêtes aveugles. J'enfonce mes pieds lorsque je marche et ils s'enracinent à chacun de mes pas, c'est difficile de me détacher de l'amour de la terre, les racines arrachent des secrets de mica, des lombrics qui disent mon nom ; moi, je continue à poser un pied devant l'autre, mes seins sont lourds, mon cul se traîne, mon pénis pend, mort, sous les jupes qui me protègent des moustiques, des guêpes et des morsures de serpents.

La raison d'autrefois me manque. J'aimais follement les villes. La ville qui grouillait de gens et de voitures et de transports publics. L'agencement des villes, la nuit, me manque, comme chaque criminel avec son lieu et son temps, les putes qui ornaient les coins de rue comme un geste que quelqu'un aurait eu à l'égard de la lune me manquent aussi, les talons résonnant dans les commerces fermés, sur la peau de tôle. Les gémissements inespérés d'un couple faisant l'amour, peut-être quelques étages plus bas, le rire de mes amis pédés griffant la robe enfilée pour racoler dans la rue. Ici, la nuit, les grelots donnent des concerts et leur répertoire est insupportablement triste. Leurs voix s'introduisent en nous et font en sorte que la vie ne soit pas belle. Et les moustiques... je déteste les moustiques, comme je déteste avoir à brûler les excréments de n'importe quel animal pour les maintenir quelques heures à distance. Je déteste la piqûre du moustique, de tout mon corps. Les premières années passées ici, j'ai cru devenir folle chaque nuit. Je pleurais même dans mon sommeil, me sentant impuissante face à ces insectes qui semblaient me désirer comme autrefois j'avais désiré mon mari.

De temps en temps, les chasseurs débarquent. Ce sont des hommes qui n'acceptent pas que nous vivions, pas même en exil. Si un chasseur t'attrape, il vaut mieux que tu avales ta langue plutôt que d'être vivante pour leur plaisir. Beaucoup sont mortes entre les mains d'un chasseur. Mais aucun chasseur n'est sorti en vie de notre forêt.

Je portais le deuil de mon mari, qui a glissé et s'est ouvert le crâne avec une pierre en essayant de porter secours à notre fils. Le chagrin était comme une musique, une compagnie de papier très fin que venait remplacer la vie de mon époux. Moi, la veuve à barbe. J'étais accroupie en train de pisser près d'un faux-poivrier quand j'ai entendu crépiter des brindilles sous le pas lourd d'un homme qui portait un fusil. J'ai couru en pissant sur mes jambes, le chasseur était derrière moi. J'avançais vers la mort, couverte de pisse. "Il va me bouffer, il va m'avaler entièrement", c'est ce que je pensais, et je me suis glissée dans une grotte où le chasseur ne pouvait pas entrer car il était plus grand que moi. À l'aide d'une pierre, j'eai bouché l'entrée. Je suis restée là durant trois nuits, à manger des têtards qu'il y avait dans une flaque d'eau. Je m'éclairais de temps en temps à l'aide d'un briquet dont le réservoir était presque vide. Trois jours plus tard, l'oiseau qui change de couleur a caqueté à l'entrée et j'ai su que je pouvais sortir. Je suis revenue en marchant, portant mon humiliation sur les épaules, elle pesait autant que ma douleur. Je sentais la merde et la souffrance. J'ai marché durant toute ma fuite, effrayée par chaque bruit qui envahissait mon environnement acoustique.

Quand je les ai trouvés dans une clairière, à l'ombre d'un rocher qui avait la forme de mon visage, je suis restée immobile. Je n'ai pas voulu me faire remarquer. C'était un cochon et un félin en pleine rencontre amoureuse. Je ne nie pas avoir éprouvé de l'excitation, malgré l'odeur de merde de mes jupons, malgré l'odeur de pisse et la mauvaise haleine, après trois jours passés sans me rincer la bouche. Malgré la peur, aussi, alors je suis restée comme une statue, respirant de manière si douce que la mort a dansé une petite valse péruvienne, et j'ai espionné l'amour entre le chat et le cochon. Ils m'ont rappelé comment c'était, de baiser avec mon mari. Et aussi la honte, que je croyais perdue. À cause de mon impertinence. Celle qui consistait à s'enraciner n'importe où, comme si la forêt m'appartenait.

Ces choses-là arrivent. Parfois je finis par me convaincre que je ne suis plus faite d'os, de chair et de peau. Que je suis plutôt une erreur, un esprit égaré, moi seule, que je suis l'oiseau idiot et timide sur mon épaule, noir et indolent comme le perroquet d'un pirate, comme une décoration militaire pour avoir survécu à l'autre monde. L'oiseau qui à présent semble fait de perles de verre, un bibelot de mauvais goût.

Le néant est préférable. Le mauvais amour qu'il m'a donné, il l'a laissé dans mes mains comme un chiffon. Il l'a porté jusqu'à mon seuil quand il a su que j'étais veuve. Si celle d'alors avait été comme je suis aujourd'hui, je ne l'aurais pas regardé. Mais j'étais seule et la mort de mon époux avait laissé un vide traversé de décharges électriques et de brûlures. À quoi bon. Je me demande encore dans la nuit, sur le monceau d'herbes où je repose mon corps, pourquoi je l'ai laissé entrer. Quel sens avait le fait de me mentir en me disant que ce que j'éprouvais pour lui était de l'amour et que ce qu'il éprouvait pour moi l'était aussi. De l'amour pour ces petits yeux clairs qui ne servaient à rien, pas même pour regarder la nuit, qui est devenue de plus en plus longue.

Et lui, comme si de rien n'était, se regardant dans le ruisseau comme un narcisse de rien du tout, pour s'adorer tout seul, à cause de l'envie que lui causait notre règne trans.

Un trafiquant que nous aimons beaucoup nous apporte des bonbons. Il s'introduit dans les buissons, mais il n'a même pas une égratignure. Il a les ongles longs, il les coupe à l'aide de ses dents, en les rongeant, mais il préfère les avoir longs. Il vaut mieux qu'ils soient longs et aiguisés pour résister à la forêt. Il imite parfaitement le Vanneau téro. Mon oiseau, en l'entendant, toujours fier, comme s'il était convaincu d'être le plus beau sur la terre, devient bleu et doré, c'est comme ça que j'apprends l'arrivée du trafiquant avec ses bonbons. Je rassemble les pêches, les oranges, les fruits du mistol et les pépites d'or que nous avons volées au ruisseau. Je les porte dans ma jupe dont je fais un sac, les jambes poilues, mon crâne et les rares cheveux qui me restent, les ongles noirs de terre. Je vais jusqu'à lui. Il sourit, il me fait une révérence, son bras semble s'allonger tant il est élégant et sobre, comme une fleur pure, comme une pierre dans le fleuve. Les autres, tout aussi terrestres, arrivent en faisant de grands pas, poursuivies par leurs filles qui laissent traîner leurs cheveux. Ça fait de la peine de voir ces enfants abîmer ainsi leurs cheveux.

– Dites, madame, et vous, comment vous mâchez, me demande l'homme rouge, le trafiquant.

– Avec force et volonté, je lui réponds.

Je pars avec les autres en marchant lentement, comme quand on traverse un bois sacré. Je suce des bonbons tandis que je les observe, agitées par la douceur.

Les trafiquants apportent : des médicaments, du Coca-Cola, des friandises, des livres, des bougies, des cosmétiques, des ragots, des instruments de musique, de la peinture, des crayons, des feuilles, des bouillottes, des miroirs, des photographies trouvées dans nos appartements abandonnés et dont ils dénichent parfois les propriétaires, bien vivantes, parmi nous. Les trafiquants apportent des luxes et des plaisirs. Ils emportent d'ici le baiser de quelqu'une qui les fait brûler pour toujours.

Cette femme est arrivée à ma porte en appelant, poussant des cris. Avec ses poings elle frappait sur les fenêtres qui étaient un enfer de branches, des bras noués les uns aux autres, des épines, des larves dans leur cocon. Elle frappait à la porte, réclamait ma présence en criant encore et encore ; alors je me suis levée, me tenant les seins et je me suis penchée pour la voir, le visage de la terre, le décolleté de la terre, elle avait peur car sa fille vomissait et avait la nausée. Elle s'appelait Lilith, je me souviens d'elle depuis l'exode, m'aidant à faire passer mon fils d'un abîme à l'autre. Ici, dans la forêt, elle a connu une sportive professionnelle, je ne me souviens plus si elle était boxeuse ou marathonienne. Elle avait des jambes épaisses et musclées. Elles sont tombées amoureuses environ deux ans après leur arrivée. Leur mariage a été splendide. Peu de temps après, une trans plus jeune est tombée malade et, comme nous n'avions pas de médicaments pour elle ni de magie (la magie, nous l'avons inventée plus tard), elle est morte en laissant la plus jeune de ses filles sans mère – c'était une petite fille qu'elle avait recueillie à son tour dans la course de l'exil –, alors Lilith et sa femme sportive l'ont adoptée. Du tac au tac. Maintenant que je l'écris, je suis émerveillée par notre simplicité.

L'épouse de Lilith était hardie et affable. Elles chassaient et pêchaient ensemble, elles vendaient aussi des articles d'entretien qu'elles faisaient entrer en contrebande. Un après-midi, son épouse a surpris une trans en train de voler une de leurs poules, alors elle l'a poursuivie pour la punir, mais la trans était armée d'une machette et, en la menaçant, elle a fini par lui trancher la gorge. C'est le genre de choses qui arrive quand on brandit des armes blanches en courant. Grande tragédie. On se souvient dans la forêt du cri de Lilith quand elle a touché le sang de son épouse sur la terre.

Pauvre Lilith, ma sœur veuve.

– Elle vomit ! criait-elle devant ma porte. Elle a des nausées et elle ne supporte plus ses entrailles !

Elle parlait de sa fille. Elle disait qu'elle était malade. J'ignore pourquoi elle s'était adressée à moi et non à une autre, une femme médecin, il y en avait parmi nous. Mais non. Elle est venue jusqu'à ma porte peut-être parce que moi je parlais avec sa fille, je lui avais appris à lire et à écrire, j'avais une relation de confiance avec elle.

"Que peut-elle bien avoir", ai-je pensé. Je me suis habillée, j'ai croisé des bouts de tissu que j'ai noués sur mon corps nu, en haut et en bas. Je suis arrivée jusqu'à la porte de chez elle en faisant toujours travailler ma mémoire, en écrivant dans ma tête les mots qui m'avaient conduite jusque-là.

– Ça fait longtemps que je t'ai pas vue, et regarde un peu pourquoi je viens te déranger, m'a dit Lilith.

– Il faut ce qu'il faut, c'est comme ça.

“Il se passe quelque chose de bizarre”, pensais-je, et je plissais les yeux comme une détective de pacotille qui affûte le regard sur une piste absente.

La petite fille verdâtre était assise sous l'auvent, elle donnait à manger aux chiens des morceaux de pain avec de la polenta et des os. Son regard était vert et ses dents s'étaient tachées, d'un coup. Elle avait l'air gonflée comme un chien qui a des parasites. Je me suis approchée, je lui ai posé quelques questions que Lilith n'a pas entendues, pas plus que les réponses. Lorsque j'ai fini de parler avec la petite fille, j'ai confirmé mes soupçons.

– Il n'y a rien à faire, elle est enceinte, de vingt semaines au moins.

Comme si elle avait attendu ma réponse, Lilith s'est mise à tirer les cheveux de sa fille, elle l'a secouée comme si elle voulait la faire sécher au vent, la petite criait et lançait des coups de dents en l'air, essayant de se défendre. On devrait monter des colisées pour ces luttes-là.

– Laisse-la, tu vas lui faire mal ! ai-je réussi à lui crier.

– Comment t'as fait, comment c'est arrivé ?

Et moi qui repartais déjà sans la regarder, je lui ai dit qu'elle savait parfaitement comment elle avait fait. Le lait sautait à l'intérieur de son corps et s'attachait quelque part dans son intestin, comme une matrice remplie de merde où il fallait créer la vie, un ovule abominable ayant trompé le spermatozoïde.

– Et par où va-t-elle l'avoir, elle va mourir avant ! a crié la grand-mère.

– On verra bien, le plus probable c'est qu'elle le chie, lui ai-je dit, en cueillant une gousse de caroubier que j'ai sucée avec application.

Alors elle s'est mise à me lancer des pierres.

– Espèce d'aigrie! me criait-elle. J'irai plus jamais te chercher! Je vais plus te poser de questions! T'as une mauvaise influence, c'est toi qui nous as conduites ici et maintenant nous n'avons plus d'hommes avec nous et nous vivons dans la peur.

– Mais c'étaient les hommes qui nous faisaient peur, Lilith, ai-je répondu.

– Pourquoi je t'ai suivie! criait-elle en tirant sur les rares cheveux qui humiliaient son crâne.

– C'est pas moi que t'as suivie, t'as suivi La Machi.

– Tu te rends pas compte, abrutie de trans? Mais comment tu veux te rendre compte, toi…

– Chuuut, chuuut, tais-toi, vieux fou. Laisse-nous vivre, lui a demandé sa fille.

La jeune fille avait un cul indomptable. Elle a connu le sexe et ça lui a beaucoup plu. Elle attendait son amant à la lisière de notre enceinte de branches, ce bois qui était interdit pour tous sauf pour les trafiquants et les gens qui nous rendaient visite pour nous donner de l'amour. Lilith était loin de l'imaginer, mais la forêt était au courant de tout. Les créatures s'y mêlaient les unes aux autres. Les sangliers aux chats, les trans aux trafiquants et aux hommes sans tête qui nous ont suivies jusqu'en exil. Les trans aux autres trans, les trans aux maris d'autres trans, la trans interdite au renard interdit.

La fille de Lilith était l'amante d'un homme sans tête prénommé Rosacruz, il passait sous la terre pour atteindre notre forêt. La gamine le désirait, elle partait à sa rencontre et mentait à sa mère. D'autres, dans la vie d'avant, avaient aussi perdu la tête pour ces décapités qui avaient passé plusieurs générations dans le pays. On disait que c'était comme de baiser avec du miel, qu'ils étaient sucrés et collants. La fille de Lilith l'attendait tout près de l'enceinte, parfois elle s'endormait en l'attendant. Lui, il émergeait du sol comme une taupe, avec son cou coupé, il grimpait puis il la montait durant des heures.

Troublées par leurs cris qui pouvaient aussi bien être de plaisir que de douleur, nous déversions sur eux des seaux d'eau glacée que nous allions puiser dans les canaux, nous les frappions avec des branches pour voir s'ils se déconcentraient, mais l'amour qui était devenu si rare était tel entre eux, ça les mettait dans un tel état qu'ils ne se rendaient pas, alors nous les laissions s'imbriquer l'un dans l'autre comme des chiens. Et nous gardions le secret vis-à-vis de Lilith.

Comme toute mère, elle ignorait tout de la vie de sa fille. Son épouse, la sportive décédée qui était morte pour une poule, le lui disait déjà, à l'époque.

– Tu sais rien d'elle.

Ce que nous n'avons jamais imaginé, ce que nous n'avons jamais pensé possible, c'était la grossesse. Comment pouvions-nous imaginer que nos corps secs, ce vase d'argile, ces seins sans objet, étaient capables de donner la vie.

– C'est pas une affaire terrestre, ça ! C'est pas possible ! Je vais empoisonner la bouffe de cette grande putain ! criait Lilith.

Mémé Lilith, il fallait voir ça ! Mais la vieille n'était jamais en paix. Elle criait dans la forêt, se jetait sous le bois de caroubiers, faisait fuir les rongeurs.

– Elle va mourir, cette idiote va mourir ! Comment va-t-elle faire pour le faire sortir d'elle ! Et le père n'apparaît pas, bien sûr. Pourquoi fallait-il qu'on vienne jusqu'ici ! Nous devions tout perdre, tout oublier, tout refonder à cause de leurs amours et maintenant ça, la pire des choses. Qui va s'occuper de moi si ma fille meurt ? Et en plus avec un homme sans tête, un de ces Noirs de merde, un de ces connards qui n'ont pas le sou.

Les hérons fuyaient, blancs de leur éclat aveuglant, avec leurs longues pattes, comme nous en avons eu lorsque nous étions juchées sur nos échasses en acrylique. Chaque cri de Lilith reniant sa fille leur servait de prétexte pour s'en aller et ne plus revenir. Nous les voyions partir, leur blancheur dans le ciel qui était toujours plus noir et plus étoilé.

Et parmi les lamentations de Lilith et les nouvelles habitudes du lieu, la fille grossissait et son ventre s'épanouissait vers l'avant. Les trans posaient leurs mains sur le ventre qui bougeait dans tous les sens. Qu'est-ce qui pouvait bien être en gestation là-dedans ? Les jours passaient et nous avions besoin de nous inventer certaines mythologies. Récapituler nos vieilles idolâtries. Les images païennes, celles que chantait Moura.

En attendant la naissance, nous avons construit une église dans un four en briques abandonné. Nous avons dû enlever la cendre et le charbon, nous avons fini couvertes de suie, noires, nos têtes noircies et les cils collés. Nous avons prié à cet endroit ; c'étaient plutôt des chants provenant d'autres vies que nous emportions dans nos sacs. Nous avons été entendues : la pluie est venue jusqu'à notre patrie et elle a arrosé les racines les plus profondes des arbres de la forêt. *Siquisiquisiqui*, on entendait le serpent à sonnettes distribuant des fruits interdits aux habitants du lieu.

Nos mères, dans notre souvenir, nous apparaissaient baignées de leur vieillesse et de leurs faiblesses, le souvenir de nos mères nous criblait les yeux, nous n'avions jamais pensé raviver ce feu.

La nuit, après la mort de mon mari, après que j'ai crié et pleuré pour lui, le renard mal né, avec sa bite rouge et énorme, s'est mis à me rendre visite. Lorsque je l'ai vue pour la première fois, je lui ai crié, à genoux, écrasée par le plaisir :

– C'est comme la bite de Chinaski ! Elle est rouge et avec des veines pourpres !

Le renard mesurait un mètre cinquante environ et il parlait de manière aimable avec une voix très grave. Chair interdite, me disait-il, chienne, cul en feu, vieille aigrie. L'animal faisait un mètre cinquante et le muscle était ferme, il avait de la force. Si j'avais une blessure, sa langue faisait cicatriser mes coupures, elle refermait ma peau, rafraîchissait mes brûlures. Il me faisait oublier mon mari, il promenait ma pensée, lui faisant faire un tour dans la forêt puis il la rendait à mon corps. Je me faisais servir par un renard sylvestre qui connaissait ma langue, qui savait comment, jusqu'où et à quel point il fallait s'enfoncer dans le marécage que j'étais devenue. La courbe de mon ventre devenait toute rose et sentait aussi bon que la sienne, alors la musique revenait, chienne contre renard, c'était nous qui faisions cette musique-là. J'étais effrayée par ce que je pouvais lui dire, les choses que je pouvais inventer. Une langue longue, fine, comme une raie manta rosée, me léchait à l'intérieur de la bouche, une dent après l'autre, tout l'arc de la gencive, le palais sablonneux, la peau de la joue, qui ressemblait tellement à l'intérieur du cul dans lequel il enfonçait la moitié de sa beauté. Moi, je ressuscitais. Durant ses visites, l'oiseau devenait tout orange, il semblait flamboyer comme une poignée de branches dans le feu. Je soupçonne qu'il était jaloux.

Moi, je ne voulais pas penser à l'amour.

Nous assistions celles qui voulaient mourir. Celles qui venaient chercher notre aide disaient : "Je veux du pain." Et nous, nous comprenions qu'il s'agissait du désir de mourir, c'était un mal qui attaquait les trans, mais nous n'avons jamais su si ce mal était en même temps un bienfait. Un jour, les trans décidaient quand la vie devait finir. Elles ne voulaient pas mourir seules, alors elles venaient à nous. Nous les emmenions dans une maison de pierre que nous avions découverte sur le flanc de la montagne, allez savoir de quelle époque elle était. Les hommes n'avaient pas le droit d'y entrer. Rien que nous et les femmes qui offraient leur aide, des femmes médecins, psychologues, astrologues, cuisinières. Nous restions avec la suicidaire jusqu'à ce qu'elle réclame la mort, par cinq fois. Nous essayions de ne pas intervenir dans la décision de celles qui venaient chercher de l'aide, nous étions à peine présentes, l'une de nous allait se promener avec elles sans les perdre de vue.

Parfois, nous les trans, nous arrivions en groupe et cuisinions, nous organisions de grands repas pantagruéliques, nous possédions de longues tables où nous mangions et parlions toutes en même temps, de tout à la fois, nous parlions du présent, du passé, de l'avenir, nous étions jalouses du mari des autres, des épouses aussi, nous nous montrions les résultats magiques de nos chirurgies, nous riions, nous écoutions les arbres parler et les pierres trembler. Celles qui souffraient du désir de mourir venaient à ces dîners, impassibles; parfois elles riaient et moi, la nuit venue j'avais une envie folle de leur demander comment il se pouvait que des femmes qui avaient tant souffert, au point de vouloir s'ôter la vie, puissent rire de cette manière, avec ces éclats de rire qui faisaient peur aux canards et remplissaient le ciel de leurs cris.

Il y avait des adolescentes qui venaient, elles étaient brisées de l'intérieur, quand on les prenait dans les bras elles craquaient, sèches et faibles, on les avait jetées hors de leurs maisons, elles avaient grandi sans aucun abri. Il y avait aussi des vieilles qui venaient, convaincues qu'elles étaient un rebut, le déchet du monde, elles étaient tatouées d'amertume; il y avait celles qui étaient entre deux âges, et qui ne s'étaient jamais adaptées. Aucune d'elles n'échappait au virus des suicidaires.

Dans une clairière, en pleine lumière, nous nous réunissions autour de celle qui avait décidé qu'enfin, maintenant, oui, elle le voulait.

– Quelle drogue veux-tu? demandait La Machi, qui arrivait même à obtenir des trafiquants des parfums de chez Lanvin et Guerlain.

Celle qui voulait mourir disait :
– Je veux un acide.
Nous le mettions dans sa bouche et nous parlions avec elle, nous lui posions des questions sur son enfance, et elle parlait en toute simplicité jusqu'à son entrée en grâce. La Machi montrait le blanc de ses yeux et dominait la scène. Il pouvait se passer des heures et des heures jusqu'à ce que l'effet diminue et que la suicidaire s'endorme.
– À cause de ce qu'ils nous ont fait. À cause de ce que nous avons enduré. À cause du pain qu'ils nous ont ôté. De l'amour qu'ils nous ont refusé. Qu'elle aille au ciel des trans.
Elle écartait l'assistance à l'aide d'un poignard en argent avec un manche en nacre, et *tchac*, d'un geste très précis, comme si elle était née pour ça, elle lui ouvrait la gorge en deux, et voilà.
Nous brûlions son corps recouvert d'herbe et nous priions : *Naré naré pue quitzé narambí…*
J'ai écrit sur la terre, à l'aide d'une branche :
"Que font toutes ces trans juchées sur un arbre, tels des nids d'oiseaux recouverts de paillettes et de cuir synthétique ? Que font-elles là-bas, tels des fruits parfumés avec trois fois rien, aux cheveux pauvres et au maquillage épais qui brille sous la lune ? On dirait des panthères. On dirait des chauves-souris suspendues au rêve. Que font-elles là, sur cet arbre à l'écorce sombre qui les soutient telle une main tenant entre ses doigts l'enchevêtrement des trans ? Elles se cachent de la police, voilà ce qu'elles font. La police leur fout la trouille, c'est pour ça qu'elles grimpent aux arbres telles des félines de la fin du monde."

Toutes les semaines, je vais chercher des œufs à la ferme de Sulisén. Ce sont des œufs très frais qu'elle pond elle-même dans la cour, s'agrippant à un poteau improvisé que son grand amour a laissé pour y attacher les chevaux. Elle a enduit les murs de sa maison toute seule à l'aide d'une préparation faite de boue qu'elle a lissée avec les paumes de ses mains. Sa maison semblait être l'une des nôtres. Sulisén a également été une des premières à arriver et une des premières à se couvrir entièrement de boue. Elle avait des seins longs et couverts de crevasses, comme les miens, comme si des cascades de vergetures descendaient de ses épaules. Sa peau s'est distendue à cause de la pression de ce qu'elle avait mis à l'intérieur et elle a écrit ce sortilège au-dessus de ses tétons. Ici, elle s'est liée à l'un des premiers arrivés, un de ceux qui nous avaient touchées plus de trois fois. Un gars poilu avec un dos d'orang-outan qui la portait dans les airs et la faisait glousser quand il lui faisait l'amour.

– On aurait dit qu'il lançait une orange vers le ciel et *vlan!*, il me plantait son braquemart avant que je retombe au sol, racontait Sulisén, morte de rire.

Il n'y a pas beaucoup à dire à propos de cette relation amoureuse, mais pour un grand nombre d'entre nous, l'exil a été préférable.

Le petit ami de Sulisén a été attaqué par des abeilles et il n'a pas réussi à l'emporter sur la mort. Il s'est mis à gonfler et s'est battu pour chaque goutte d'air qui entrait dans ses poumons, jusqu'au moment où il n'a plus respiré. Elle est restée veuve et pleine d'un amour dont elle devait se défaire, comme d'un vieux pelage. Les idiots du coin ne l'approchaient pas, de sorte que nous ne pouvions pas la consoler avec des partouzes et des orgies montagnardes, alors elle s'est mise à rétrécir jusqu'à devenir toute fine, comme un filet de voix.

Elle l'a pleuré durant tout un automne, assise à la porte de sa ferme. Parfois nous la croisions au marché ou durant la cueillette du mistol, mais elle, elle faisait tout en pleurant. Pauvre Sulisén. Elle a beaucoup vieilli à l'époque. Nous la voyions pleurer sans cesse son petit ami mort, dans la galerie de sa ferme, les puces et les tiques montaient sur ses jambes. Chaque jour elle devenait plus compacte, nous parvenions à entendre le craquement de ses os que la pression de la chair comprimait.

– Sulisén, qu'est-ce qui t'arrive, tu es assise comme une poule en train de couver ? leur demandions-nous en passant.

Sulisén a commencé à mettre en pratique son pouvoir avicole à l'époque où elle était encore en couple avec celui qui est mort piqué par les abeilles. Elle venait nous rendre visite à la maison et, régulièrement, alors que nous prenions un café qui était pourtant si difficile à obtenir en contrebande, elle filait dans la cour, elle allait jusqu'aux toilettes sèches et en revenait transparente.

– Petite ! Mais qu'avais-tu dans les intestins, t'es trempée de sueur !

– C'est mon affaire et celle de mes entrailles, disait-elle, puis elle remettait le petit sac qu'elle collait systématiquement à son corps, comme s'il contenait quelque chose qu'elle ne pouvait pas perdre.

Un de ces après-midi où l'été a l'air d'être davantage une torture qu'une saison, elle a fait devant moi ce qu'elle faisait tout le temps. Nous prenions un café et elle s'est levée alors que j'étais en train de raconter un potin, puis elle a couru jusqu'au fond, comme si elle était en train de se chier dessus à cause de mon café. Je l'ai suivie sans toucher le sol, car ça vous dénonce aussi sec, et je l'ai espionnée à travers les branches sans me sentir coupable. Elle ne dirigeait pas son cul vers le trou dans la terre qui tenait lieu de latrines. Elle se tenait sur le bord, accroupie au ras du sol, la transpiration brillait comme la surface d'un miroir sur sa peau vieillie. Elle a respiré profondément et elle a poussé jusqu'à ce qu'un œuf de poule tombe au sol, alors elle l'a soigneusement enveloppé dans du papier journal qu'elle avait dans son sac. Je suis allée au-devant d'elle, pour lui faire savoir que j'étais au courant et aussi que je l'avais épiée, les deux choses me semblaient aussi terribles l'une que l'autre.

– Pourquoi tu me l'as pas dit ?

Elle, interloquée par la défloraison de son secret, comme ces enfants que les mères obligent à pisser dans la rue, m'a répondu avec la précision d'une archère :

– Qu'est-ce qui te fait penser que nous devons tout savoir l'une de l'autre ? J'ai le droit d'avoir un secret.

– Mais tu es en train de pondre des œufs, mon amie.

– Et quand bien même je chierais des pépites d'or. C'est mon secret.

Bientôt sa maison s'est remplie de poules et de coqs, et elle n'avait pas assez de ses deux mains pour les défendre, non seulement des renards, mais aussi des chapardeuses. Car ce n'est pas parce que nous étions trans que nous étions libérées de la délinquance. Nous avons trouvé les mille façons de cuisiner un poulet, et avons ainsi récupéré les protéines perdues durant l'exil faute de nous être habituées à la viande de cochon d'Inde. Jamais une meringue n'a été aussi savoureuse et ferme que celles que l'on faisait avec les blancs des œufs de Sulisén. Jamais un poulet ne nous a davantage ressemblé que les poulets de Sulisén. Et elle, qui leur donnait des noms chaque fois qu'elle le pouvait, savait pertinemment que manger ses enfants ne constituait nullement un crime, car au bout du compte elle était leur mère. Petit Poitrail, Dada, Petite Crête, Sale Bec, Gros Cul Un, Gros Cul Deux, la Noiraude, Écrase-Châtaigne, Mâle Incertain, Éperon Framboise, Pédale Plume Rouge, Coco Chanel, Petit Poulet Ortega, Petit Poulet Suárez, Plus de bite que la Gallinette, Pipi et Pioupiou. La progéniture se multipliait et il y en avait assez pour nous toutes.

Comme lorsqu'on s'accroupit pour ruminer sa vie entière, elle attend le temps qu'il lui faut pour pondre un œuf, puis un autre et encore un autre. Ensuite elle les lave. Puis elle les troque, parfois contre un service, elle demande à l'une de nous de balayer la cour ou de laver les tissus peu nombreux avec lesquels elle se couvre, ou bien dans un marchandage avec les trafiquants ou en échange d'une réparation de son toit de pailles tressées.

Sulisén m'accueille à la porte de sa ferme, elle bat des blancs d'œuf pour faire une meringue. Ah, comme ça fait plaisir de la voir aussi énergique ; les poils de son avant-bras sont tout noirs, une puce saute de ses poils comme pour l'accuser d'être trop sale.

– Que fais-tu, Sulisén, que la fraîcheur soit avec toi.

– Rien, je fais un dessert pour vous en proposer cette nuit.

Cette nuit, nous attendons que la fille de Lilith accouche. Il y a déjà quelques anciennes en train d'accompagner les premières contractions. Dans le village, les femmes médecins ne manquent pas. Il y a des trans médecins qui font ce qu'elles peuvent avec les médicaments qu'elles obtiennent grâce à la contrebande.

– Tu viens chercher la même chose que d'habitude ? m'interroge-t-elle, mais elle connaît déjà la réponse ; alors elle me passe son bol en terre et le fouet rouillé en me demandant de prendre fermement le relais, je dois les monter en neige, puis elle retourne à l'intérieur. Elle est suivie par un petit chien noir comme un corbeau ; *sors de là*, lui dit-elle, et elle le repousse avec l'une de ses pattes. Comme elle est belle, elle a des pattes de poule. Elle revient avec une douzaine d'œufs ; *ils sont propres*, dit-elle, elle me les tend et reprend le bol avec les blancs en neige, parfaitement à point, puis elle me dit, *tu me dois rien, pour cette fois*. Pour voir s'ils sont bien fermes, elle retourne le bol, les blancs ne tombent pas.

– T'as vu la fille de Lilith ?

– Ça fait treize mois qu'elle est enceinte, lui dis-je, ses seins sont pleins de lait. Je pense pas que ce soit pour cette nuit, mais ça va être important. Sois attentive,

Sulisén, cette affaire prend un tour de plus en plus favorable.

– La Machi dit que c'est pour cette nuit et moi je crois tout ce qu'elle dit, me dit-elle, en me tendant les œufs dans un petit sac. Profites-en, maintenant que tu manges plus d'animaux.

Et c'est vrai, je suis devenue végétarienne depuis que mon fils s'est fait manger par le renard.

Ici aussi, nous avons forgé des habitudes. Ici aussi, nous avons eu un nid. Ici, mon fils a joué dans les cours et il a embrassé d'autres enfants pour apprendre l'amour. Nous nous sommes défendues, pas seulement des bêtes, mais aussi des autres. D'autres trans qui m'ont accusée de les avoir mal guidées en décidant de suivre mon époux. Nous nous sommes roulées dans la boue et avons agrippé des mèches de cheveux pour défendre ce que d'autres ont voulu nous voler, nous avons également répondu à des insultes.

Et alors que j'étais déjà habituée à cette musique et à ces rituels, une nuit je suis restée seule pour toujours.

L'enfant était endormi au clair de lune, couvert par les voiles de ma jupe, afin qu'il ne se fasse pas piquer par les moustiques. C'est par ma faute que nous avons relâché la vigilance. J'ai cherché mon époux, qui était aussi vieux que moi, mais cette nuit-là et sous cette lune il m'a semblé l'homme le plus beau envoyé à mon intention sur cette terre, qui n'était qu'une motte de terre sans vie durant cet exil. Il était magnifique sous les kilos des années qui dégoulinaient sur lui, assis face à la nuit rouge, en train de fumer la pipe. Ça a été ma faute car j'ai voulu me souvenir comment c'était, de l'avoir à l'intérieur, comment il se sentait, lui, centimètre par centimètre, la forme incurvée de sa bite, la chair presque jaune, les veines verdâtres sous cette peau si transparente qu'on pouvait voir son caractère à travers. Je me suis enduite de salive, j'ai écarté mes fesses et je l'ai bouffé entièrement comme si j'avais eu des dents, progressivement, pour qu'il soit à la fois content et plein de désir, pour qu'il me communique également du désir, lui qui m'avait dit que je lui plaisais encore beaucoup, et c'est à ce moment-là que nous avons entendu le cri de notre fils qui venait de se faire enlever par le renard.

Mon époux a passé la nuit entière à courir après l'animal, moi j'allais derrière lui, nous criions tous les deux mais personne n'est venu nous aider. Durant un moment, ça a été le vieux monde revenu sans crier gare dans la forêt. Un assaut de cruauté ayant franchi la frontière d'épines. Toute la végétation semblait l'assaillir avec la lame de ses griffes, elle l'entaillait, le faisait saigner, sur son passage il y avait des scorpions et des mille-pattes qui surgissaient et les bêtes grognaient dans des langues que l'on ne parle plus. Il a couru et sauté par-dessus des ruisseaux, puis il est arrivé jusqu'au mur d'épines qui nous protégeait des chasseurs. Le renard s'est enfoncé dans les buissons avec mon fils entre ses dents et il a disparu de sa vue. Mon époux était couvert de griffures et tout nu. Derrière, il y avait moi et, comme une lâche, incapable de remuer un doigt, j'ai dit :

– Rattrape-le !

Ma supplique lui a fait surmonter son agitation, son manque d'air, et l'a fait courir en direction des épines sans se douter qu'il y avait des poignards incrustés dans les branches. Il a couru et, aveugle à l'intérieur du mur d'épines, il a glissé sur la mousse et s'est ouvert le crâne sur l'arête d'une pierre.

Quelque temps après, mon renard amant, celui qui soulage mon amertume d'avoir perdu un enfant, m'emmène jusqu'à sa grotte. Dans un coin, je vois les vêtements de mon fils, couverts de sang. Moi aussi je suis chienne, je reconnais l'odeur de son sang.

Pour écrire ce que j'écris là, j'ai fait le ménage chez moi. Ça m'a pris des jours et des jours de nettoyer ma maison, avec son sol en terre battue humide et lisse. J'ai même nettoyé les recoins qui n'existent pas. Me voici en train d'élever des autels pour mon fils.

Je pars joyeusement en direction des fours. Les pissenlits sont épanouis, la queue de tatou est violette et obscène, et l'herbe est verte. Je croise d'autres trans qui traînent comme elles peuvent le poids de leurs cheveux, qui laissent une trace qui ressemble à celle d'un serpent. Elles disent que comme ça les animaux prennent peur et qu'ils n'en ont pas après nous. Nous sommes les mêmes que celles qui assistent presque toujours les suicidaires. Les fours ont l'air d'être nos ventres au soleil, noirs et desséchés. La parturiente semble aller bien. Nous avons perdu le compte du temps que dure sa grossesse. Elle a un ventre massif et énorme, comme si elle allait donner naissance non pas à un bébé, mais à un enfant de cinq ou six ans. Le père sans tête est parmi nous. On disait qu'ils étaient sereins et cela semble vrai, rien n'altère ses manières de décapité. La grand-mère est un peu plus calme, elle s'est résignée à ce que sa fille soit tombée enceinte. Lilith est près de l'enfant et l'apaise en la couvrant de caresses.

– Sois patiente. Va doucement. Nous sommes toutes là.

Sulisén arrive avec des petites meringues qu'elle distribue comme si c'étaient des hosties.

Une femme médecin, qui est la petite amie de l'une d'entre nous, contrôle le pouls, la température, les contractions. La Machi se tient à l'écart et fume son cigare tandis qu'elle murmure le mantra :

– *Naré naré pue quitzé narambí. Naré naré pue quitzé narambí...*

L'homme sans tête, qui s'appelle Rosacruz et qui est le père de l'être conçu par accident, se tient à l'écart avec une discrétion toute protocolaire, il est en dehors du cercle et de l'agitation des trans accoucheuses. Je lui tends un peu de whisky que nous avons déniché en contrebande et il me remercie avec une révérence.

– Tout va bien se passer, lui dis-je, mais c'est comme si les mots m'échappaient pour se perdre à l'intérieur de moi et je m'étouffe. Mes yeux se remplissent de larmes. Rosacruz me donne des petites tapes sur le dos.

– Saint Blaise, saint Blaise, fais qu'elle s'apaise…

La Machi continue son mantra. C'est comme Tchernobyl, c'est la première fois que cela arrive sur terre. Nous sommes face à un événement, une trans qui est en train d'accoucher. Le jour continue sa course et soudain les ombres s'étirent sous nos pieds. La fille de Lilith se lève aidée par sa mère et elle quitte le four, elle se dirige sous un arbre. Je suis maladroite à l'heure d'écrire, je voudrais que vous voyiez la lumière rosée, rouge sur le bord du mur, que vous voyiez à quel point l'air est silencieux, et puis la fille qui va jusqu'au faux-poivrier et s'allonge. Derrière elle il y a Rosacruz, son compagnon sans tête, veillant à ne pas casser l'herbe, tant il est bien élevé. Nous toutes, nous sortons la tête pour voir.

La petite fille s'accroche à la chemise de Rosacruz, elle grogne et se plaint comme si on lui avait écrasé les pieds. La Machi se met à chanter et ses yeux se révulsent, alors un lièvre surgit complètement ivre devant nous puis il crie les paroles du célèbre boléro : "*Noooche de rooonda qué triste paaasas qué trissste cruzaaaas por mi baaalcóóón* / Rooonde de nuiiit que tu es triste quand tu paaasses que tu es trissste quand tu traveeerses mon baaalcooon."

Une contraction dans l'après-midi. Je me souviens de mon fils, de mon époux, mes pleurs ressemblent plutôt à un vomissement, je crache les larmes vers l'extérieur. Ils me manquent, ma maison en ville me manque, mon lit et ma salle de bains me manquent. Tout ce que j'ai vécu avec eux, il n'y a pas si longtemps, m'est toujours familier. Mes parents me manquent, mes amis me manquent, ceux que je n'ai pas retrouvés ici. Les jours de plage me manquent, la mer, les librairies où je pouvais passer des journées entières à discuter sur des écrivaines.

La fille de Lilith est en train de souffrir. Mais nous ne pouvons rien faire. L'instinct danse sous nos yeux, soulevant de la poussière autour de la parturiente. La Machi arrête la course de la femme médecin, qui approche pour aider.

– Que personne ne bouge. Elle doit le faire toute seule.

– Mais que quelqu'un l'aide, demande Lilith.

– Elle est avec le père. Ils doivent savoir. Ils sont pas idiots.

Rosacruz se tourne vers nous et dit :

– Il est né.

Alors il nous montre le premier chiot qui pleure comme pleurent les chiots. Bientôt la petite fille accouche d'un autre chiot puis d'un autre et d'un autre encore, jusqu'à ce que ses mains se remplissent de six chiots couverts de merde et d'une bave toute collante, comme la sève à l'intérieur d'une tige.

Lilith veut approcher, mais sa fille l'arrête d'un geste.

– Ce n'est pas le moment, dit La Machi, qui interrompt le mantra et avance une main. Où est passé le whisky, j'ai soif. Laissez-les seuls.

Je reste à l'écart. Sulisén m'appelle de l'intérieur, elle me fait des signes pour que j'aille boire un verre de vin avec elle.

Je vais boire avec les autres. Par la porte, nous voyons une scène qui constitue un événement majeur dans notre religion : l'adolescente qui lèche ses chiots et approche leurs museaux des six tétons qui ont poussé sur son ventre et se sont remplis de lait, afin qu'ils puissent se nourrir.

Table

Cet ouvrage a été composé par
Atlant'Communication
au Bernard (Vendée)

N° d'édition : 16196001 – N° d'impression : 2087804
Dépôt légal : janvier 2026

Imprimé en France